## Gebrauchsinformation

*Liebe Kundin, lieber Kunde!*

Vielen Dank, dass Sie sich für dieses Produkt entschieden haben. *Die letzte Zigarette* wurde mit großer Sorgfalt hergestellt und hat mehrere Qualitätskontrollen durchlaufen. Damit ein ungetrübter Genuss gewährleistet bleibt, beachten Sie bitte, dass es sich um einen Roman handelt. Alles darin ist frei erfunden, abgesehen von den Zigarettenmarken einschließlich der jeweiligen Angaben in Milligramm Teer, Nikotin und Kohlenmonoxid. Falls Sie mit dem Rauchen aufhören wollen, können Sie nun damit anfangen. *Folgen Sie bitte den in den Text integrierten Hinweisen. Bitte rauchen Sie nur, wenn das Signal erscheint:* ---- ~ *Unterbrechen Sie für die Dauer der Zigarette die Lektüre. Lesen Sie danach aufmerksam weiter, blättern Sie nicht vor und überspringen Sie keine Passagen, die nicht entsprechend gekennzeichnet sind.* Nach der Lektüre werden Sie nicht mehr rauchen. Beachten Sie bitte außerdem: **Rauchen kann tödlich sein. Es fügt Ihnen und den Menschen in Ihrer Umgebung erheblichen Schaden zu, lässt Ihre Haut altern, führt zu Durchblutungsstörungen und zur Verstopfung der Arterien, verursacht Herzinfarkte, Schlaganfälle, Impotenz und gefährdet die Gesundheit Ihres Kindes bereits in der Schwangerschaft.**

Sollten Sie am Ende des Buches immer noch rauchen:

| |
|---|
| Ihr Arzt oder<br>Apotheker kann<br>Ihnen dabei helfen,<br>das Rauchen<br>aufzugeben |

Bruno Preisendörfer

# Die letzte Zigarette

Ein Liebesroman

Eichborn BERLIN

Der Autor dankt der Stadt und der Stadtsparkasse Baden-Baden für das Baldreit-Stipendium 2005/06.

2 3 4 07 06


Umschlaggestaltung: Christiane Hahn. Motiv nach einem Plakat (ca. 1938)
© Swim Ink 2, LLC/CORBIS
Lektorat: Wolfgang Hörner
Layout: Cosima Schneider
Satz: Fotosatz Reinhard Amann, Aichstetten
Druck und Bindung: Clausen & Bosse, Leck
Eichborn Berlin

ISBN 10: 3-8218-0776-8
ISBN 13: 978-3-8218-0776-8



Verlagsverzeichnis schickt gern:
Eichborn Verlag, Kaiserstr. 66, 60329 Frankfurt am Main
www.eichborn-berlin.de

*Meinen nichtrauchenden Schwestern Angelika und Edith*

# Inhalt

# Anfangen aufzuhören

Alle glücklichen Raucher gleichen einander. Die unglücklichen jedoch sind stets auf ihre eigene Weise unglücklich. Von Rauchfäden gefesselt, kämpfen sie gegen den Dschinn, dem sie sich ausgeliefert haben und ohne den sie nicht leben können, obwohl er sie umbringt. Manche verstecken vor dem Aufhören Zigaretten für den Rückfall, weil sie Angst haben, sich mitten in der Nacht vor einem Automaten wiederzufinden, der stur ihre Münzen zurückweist und weder durch einschmeichelndes Kratzen mit dem Geldstück noch mit wütenden Faustschlägen gegen die blecherne Brust zu bewegen ist, eine Schachtel herauszurücken. Andere scheitern am Aufhören, bevor sie überhaupt damit angefangen haben, fliehen in die Mangelwirtschaft, rationieren das Tagesquantum und geben Bezugsscheine an sich selber aus. Wieder andere stehen erbittert ihre Qualen durch, nur um nach vierzig Tagen in nikotinverwaister Wüste von Selbstvorwürfen gedemütigt Asche von der Zigarette zu streifen und auf ihr Haupt zu streuen, gewissermaßen.

Die meisten starken Raucher, die vom Aufhören träumen, haben sehr früh angefangen. Ich dagegen war ein Spätentwickler und rauchte meine Erste mit siebzehn.

Viele meiner Freunde begannen mit zwölf und machten mit siebzehn frustrierende Versuche, wieder davon loszukommen. Ein Großteil von ihnen hatte im Alter von zehn Jahren dem Stamm der Komantschen angehört. Der Beratungsplatz des Stammes, der für die Squaws verbotenes Gebiet war – die geliebte Leserin wird ausdrücklich gebeten, trotz dieses unerfreulichen historischen Details mit der Lektüre fortzufahren –, lag unten am Fluss. Dort versammelten sich die Krieger und schnitten trockenes Schilfrohr, das beim großen Indianerrat angezündet und reihum gereicht wurde. Es war sehr wichtig, von dem scharfen und heißen Rauch wenigstens so viel zu inhalieren, dass man deutlich sichtbar eine kleine Wolke aus der Nase blasen konnte. Wer das nicht fertig brachte, hatte keine Chance, je vom einfachen Komantschen zum Häuptling aufzusteigen. Bei diesem Spiel hing alles davon ab, das Schilfrohr in die Hände zu bekommen, wenn es noch lang genug war, um den zum Mund gezogenen Rauch unterwegs ein klein wenig abkühlen zu lassen. Natürlich zog der Häuptling immer als Erster, als Nächster sein Stellvertreter. Danach folgten die Unterhäuptlinge und zuletzt die einfachen Krieger. Je weiter es hinunterging, desto kürzer wurde das Rohr und desto heißer der Rauch. Bei meinem ersten und einzigen Versuch, bei den Komantschen Karriere zu machen, verbrannte ich mir dermaßen den Mund, dass ich am Abend mit der Zunge die Blasen am Gaumen ausdrücken musste und viel Willenskraft brauchte, nicht weinend zu meiner Mutter zu laufen und alles zu beichten. Das hätte sicher die erzieherische Befehdung der Komantschen zur Folge gehabt und mich für alle Zeiten öffentlich als Verräter gebrandmarkt. Dann lieber das Brandmal heimlich im Gaumen herumtragen und tapfer warten, bis Haut über die Sache gewachsen war.

In der schlaflosen Nacht, die meiner Niederlage folgte, traf ich eine Entscheidung, die noch heute mein Dasein bestimmt. Ich beschloss, das Indianerleben der Wirklichkeit zu meiden und stattdessen Romane zu schreiben. Die Wirklichkeit in Romanen wird von Philosophen und Literaturkritikerinnen >Fiktion< genannt. Was immer Aristoteles in seiner *Poetik* und Elke Heidenreich im Fernsehen darüber gesagt haben: Der wesentliche Unterschied zwischen Fiktion und Wirklichkeit besteht darin, dass die Wirklichkeit in der Fiktion nicht wehtut.

In jener Nacht träumte ich davon, Schriftsteller zu werden, und leider ging dieser Traum auch in Erfüllung. Erfüllte Wünsche sind fast so deprimierend wie erhörte Gebete. Ein Wunsch geht im Moment seiner Erfüllung vom Konjunktiv ins Perfekt über, was bei den Wünschenden häufig Enttäuschung hervorruft. Beispielsweise ist ein Schriftsteller in der Fantasie oder in einem Roman etwas ganz anderes als ein Schriftsteller in der Wirklichkeit. In der Wirklichkeit gibt es nichts Langweiligeres als die Schriftstellerei. Das ganze Vergnügen ist auf Seiten der Leserschaft. Wie sehr wünscht sich der Autor beim Buchstabenfädeln ein Lächeln von seiner geliebten Leserin oder ein Schulterklopfen von seinem verehrten Leser. Die hüllen sich stattdessen in

Schweigen, denken an eine Zigarette und warten darauf, dass die Geschichte weitergeht.

Mein erster Roman hieß *Morgengrauen*, literarisches Vorbild war Karl Mays *Der Schatz im Silbersee*. Aber mein Titel war besser. Ich fand das Wort ›Morgengrauen‹ so vielversprechend schrecklich: Ein Mann reitet durch die staubigen Straßen einer verschlafenen Holzhäuserstadt im Wilden Westen zum Marktplatz. Das Pferd geht im Schritt, denn es lahmt an der Vorderhand (auf diesen Fachausdruck war ich besonders stolz). Mitten auf dem Marktplatz bleibt das Pferd stehen, aber der Mann steigt nicht ab. Er hat den Hut tief ins Gesicht gezogen, und zwischen seinen Zähnen steckt ein erloschener Zigarillo (den ich in meiner nichtrauchenden Unerfahrenheit als Zigarre bezeichnete). Nachdem die Sonne zu Ende aufgegangen ist (so drückte ich es in meiner literarischen Unerfahrenheit aus), kommt der Sheriff herbeigeritten und droht büchsenschwingend mit einem Strafzettel, denn auf dem Marktplatz ist Parkverbot. Der Fremde reagiert nicht. Der Sheriff wird wütend, drängt sein Pferd neben das des Fremden und packt ihn an der Schulter. Der Mann kippt zur Seite und rutscht langsam vom Sattel.

Es war ungeschickt, den Roman mit einem toten Helden zu beginnen. Meine Muse war wie ich selbst noch ein Greenhorn. Nachdem der Cowboy vom Pferd geglitten war, wusste ich nicht, wie es weitergehen sollte. Ich malte in großen Buchstaben ein schönes *Morgengrauen* auf eine leere Seite, zog mit dem Lineal einen Strich darunter und setzte meinen Namen dazu. Nach der Fertigstellung des Titelblatts ließ ich den Rest des Buches auf sich beruhen. Es war der erste einer langen Reihe unvollendeter Romane, die ich im Laufe meines hoffentlich noch lange unvollendeten Schriftstellerlebens geschrieben habe, aber er ist mir stets der liebste geblieben. Heute bedaure ich, dass das Manuskript einem dieser Verbrennungsrituale zum Opfer fiel, die angehende Schriftsteller nun einmal absolvieren müssen.

Auch die letzte Zigarette wird verbrennen, nicht aber der Roman, der nach ihr benannt ist. Ich werde ihn zu Ende schreiben und mit dem Rauchen aufhören. Und ich setze darauf, dass meine **geliebte rauchende Leserin** und mein **verehrter rauchender Leser** – ohne die nicht- oder mitrauchende Leserschaft diskriminieren zu wollen – es mir gleichtun. Ich verspreche aber, dass ich unsere Letzte mit allen mir zu Gebote stehenden literarischen Mitteln hinauszögern und für viele Zigarettenpausen sorgen werde.

---- ~

Mit zwölf entdeckten die ehemaligen Komantschen den Zusammenhang zwischen Nikotin und Virilität, auch wenn sie das zweite Wort noch nie gehört hatten. In einem Lexikon jener Zeit wird es lapidar als „Mannesalter, Manneskraft“ definiert, und obwohl es beim ersten noch haperte, wurde mit der zweiten bereits fleißig geübt. Eines Tages, wenn aus den jungen Männern alte Knaben geworden sind, wird sich die Verbindung zwischen Nikotin und Virilität zur sexuellen Gelassenheit verflüchtigen, ganz so, wie es der spanische Filmregisseur Luis Buñuel in seiner Autobiografie beschrieben hat: „Ich habe an mir selbst in den letzten Jahren das allmähliche und schließlich vollständige Absterben des Sexualtriebs erlebt – die Träume eingeschlossen. Mir ist es sehr lieb so – als wäre ich endlich von einem Tyrannen befreit. Wenn Mephisto mir erschiene und mir die Wiedererlangung der sogenannten Virilität anböte, würde ich sagen: >Nein, vielen Dank, daran liegt mir nichts, aber meine Leber und meine Lungen könntest du kräftigen, damit ich mehr trinken und rauchen kann.<"

*Die letzte Zigarette* ist kein erotischer, sondern ein romantischer Roman. Erotische Romane sind solche, die nur mit einer Hand gehalten werden. Das hat jedenfalls der im 18. Jahrhundert lebende französische Philosoph Jean-Jacques Rousseau einmal bemerkt. Seine praxisnahe Beobachtung büßte jedoch mit der Erfindung der Zigarette im 19. Jahrhundert die definitorische Schlüssigkeit ein. Raucher halten alle möglichen Bücher mit einer Hand, sogar solche, die erklären, wie man nicht raucht.

Bei den ehemaligen Komantschen kamen dem Rauchen vor allem kulturelle Aufgaben zu. Aber auch den Mädchen galt das Rauchen als Bildungspflicht. Auf den Schultoiletten kamen sie ihr mit umso größerem Eifer nach, je strenger die Kontrollen durch die Lehrer waren. Auf diese Weise schulten die jungen Menschen ihre Fähigkeit zur Voraussicht, ihre Reaktionsschnelligkeit und überhaupt die gesamte Auffassungsgabe.

Was mich betrifft, so hatte ich als gebranntes Kind an diesen Erfahrungen kein Anteil. In einem Alter, in dem viele meiner Klassenkameraden schon für das Leben lernten, gab ich mich mit Kaugummizigaretten, zur Not sogar mit den Schokoladenzigaretten meiner jüngeren Schwester zufrieden. Sie hat übrigens noch nie eine Zigarette geraucht. NOCH NIE! Dabei haben Studien erwiesen, dass Kinder, die Schokoladenzigaretten lutschen, als Erwachsene doppelt so häufig rauchen wie Kinder, die keine Schokoladenzigaretten lutschen. Deshalb wird in Artikel 16 der *Tobacco Convention* der Weltgesundheitsorganisation das Verbot dieser Einstiegsdroge empfohlen.

Trotz meiner Abhängigkeit von Kaugummizigaretten und der gelegentlichen Übergriffe auf die Schokoladenzigaretten meiner Schwester waren für mich als Raucher

---- ~

---- ~

die Jahre zwischen zwölf und siebzehn verlorene Jahre, und als solche blieben sie für immer prägend. Ich weiß nicht, wie viele Milligramm Nikotin ich im Laufe meines Lebens durch die Lungen gejagt habe, aber über eine Schachtel täglich bin ich nie hinausgekommen. Hoffentlich zieht mir das nicht gleich zu Beginn dieser Geschichte die Verachtung all jener zu, die stolz darauf sind, nach jahrelangem Kampf mit sich selbst den täglichen Konsum von zweieinhalb auf zwei Schachteln reduziert zu haben.

Zwischen der Gattung derer, die wie meine Schwester mit ihrer Schokozigarettenkindheit noch nie geraucht haben, und der Gattung des ›Gemeinen Rauchers‹, wie man in der Biologie sagen würde, gibt es zahlreiche

Arten und Unterarten. Es bedürfte eines neuen Linné, um die Fauna der Raucherinnen und Raucher in ein stimmiges System zu bringen.

Der schwedische Naturforscher Carl von Linné hat die Tabakpflanze zur Familie der Solanaceae (Nachtschattengewächse) gerechnet, der auch die Kartoffel, die Tomate oder der Paprika angehören. Die Tabakpflanze hat Linné unter dem Gattungsnamen Nicotiana tabacum in sein Klassifikationssystem aufgenommen und damit den französischen Diplomaten Jean Nicot geehrt, der in der Mitte des 16. Jahrhunderts maßgeblich an der Verbreitung des Tabaks in Europa beteiligt war. Er hielt ihn für eine Heilpflanze. ---- ~

Ich gehöre zu den Durchschnittsrauchern. Mehr als meine gewohnte Schachtel schaffe ich nur mit Hilfe von viel Alkohol. Ich will auch zugeben, dass ich nur selten die sengende Wonne der Zigarette vor dem Frühstück genossen habe, und noch seltener den von Zahnpastageschmack besänftigten Rauch der Schlafenszigarette im Bett gleich nach dem Zähneputzen. Ebenfalls fremd geblieben ist mir die Aufgedrehtheit infolge der Koffein-Nikotin-Diät, die ich in der journalistischen Epoche meines sonst wenig abenteuerlichen Schriftstellerlebens bei den Kolleginnen und Kollegen so sehr bewundert habe. Während ich zwischen 12 und 14 Uhr wie Millionen anderer Angestellter auch durch unwiderstehlichen Herdendrang vom Schreibtisch in die Kantine getrieben wurde, blieben meine Kolleginnen und Kollegen vor den Bildschirmen sitzen, rauchten von Genialität umdunstet eine Zigarette nach der anderen und tranken schwarzen

Kaffee dazu, manche ohne Zucker. Selbstquälerei kann sehr kreativ sein

---- ~

und häufig fand ich ganze Bildunterschriften und sogar ausgewachsene Headlines vor, wenn ich in die Redaktion zurückkam, um dort meine Verdauungszigarette zu rauchen, denn in der Kantine herrschte Rauchverbot.

Eine weitere Leidenschaft, die mich nie gepackt hat, um auch das noch zu bekennen, ist die magische Praxis, durch das Anzünden von Zigaretten das Einlaufen der Züge in die U-Bahnstationen zu beschleunigen. Nichts ist so anmutig wie ein bestöckelter Damenschuh, der eine gerade angerauchte Zigarette auf den Bahnhofsfliesen zerdrückt. Verschiedene Geliebte, eine Lebensgefährtin auf Zeit und manchmal sogar meine beherrscht rauchende Exfrau huldigten diesem Brauch. Sie leben zum Glück alle noch. Mit den meisten von ihnen bin ich nachzerwürflich befreundet und verabrede mich hin und wieder zu einem Kaffee oder einem Glas Wein. Jede von ihnen hat schon einmal vorübergehend erfolgreich das Rauchen aufgegeben oder wenigstens eingeschränkt.

**Melanie zum Beispiel**

---- ~

Als ich mich vor einem Vierteljahrhundert in sie verliebte, rauchte sie täglich zehn filterlose Selbstgedrehte aus duftendem *Javaanse Jongens Classic B* (dick gedreht: Teer 10mg, Nikotin 0,6mg, Kohlenmonoxid 1,1mg). Während unserer unvollendeten Beziehung stieg ihr

Konsum auf das Doppelte, was nicht nur an mir gelegen haben kann, denn nachdem wir beschlossen hatten, künftig nur noch gute Freunde zu sein, was wir genau genommen auch bis dahin bloß gewesen waren, steigerte sie ihre Ration weiter und brachte es in den folgenden Jahren, allerdings mit eingedrehtem Filter, auf über fünfzig. Sie betrieb zu Hause eine eigene kleine Zigarettenfabrik, die aus einer Stopfmaschine, dem Rohstofflager und dem Warenlager bestand. Aus einer wunderschönen Porzellanschüssel, die Sie, geliebte Leserin, vielleicht mit frischem Obst gefüllt hätten, wuchs ein Berg aus weißen Filtermundstücken empor. In Schuhkartons, an denen bei Melanie nie Mangel war, wurden Hunderte, nein: Tausende von Papierhülsen aufbewahrt, und stets lagerte ein halbes Dutzend *Javaanse*-Päckchen im Gemüsefach des Kühlschranks, denn dort bleibt der Tabak länger frisch. Die fertig gedrehten Zigaretten wurden in zwei Zigarrenkisten gestapelt, die sie eigens dafür gekauft und leergeraucht hatte. Wenn Melanie unterwegs war, hatte sie neben den Vorgedrehten sicherheitshalber noch eine Packung Tabak mit Blättchen bei sich. Ging ihr Vorrat zur Neige, machte sie mit der Hand weiter. Die Resultate waren in Form und Festigkeit beeindruckend. Melanie wäre in einer entsprechenden Notlage auch dazu fähig, Zigaretten mit einer Hand in der Hosentasche zu drehen, wie ich es von meinem Großvater gewohnt war, der diese Kunst in russischer Kriegsgefangenschaft erlernt hatte. Eines Tages stieg Melanie völlig überraschend auf *Marlboro* (10mg, 0,8mg, 10mg), danach auf *Marlboro Light*, heute *Marl-*

*boro Gold* (6mg, 0,5mg, 7mg), und schließlich auf *Marlboro Ultra*, heute *Silver* (3mg, 0,3mg, 4mg), um und kämpfte sich die Serpentine ihrer Sucht hinab, indem sie auf der Basis der *Ultras* auch die Anzahl Stück für Stück reduzierte.

## Carmen

---- ~

Ihr langes Haar schimmert blauschwarz wie Rabengefieder, die Haut ist kupferfarben, die schräg stehenden Augen blicken sinnlich und grausam. Das ist Carmen in der Novelle von Prosper Mérimée. Die Carmen in der Oper von Bizet ist eine der Arbeiterinnen aus der Tabakfabrik von Sevilla, die im ersten Akt rauchend über die Bühne wirbeln und singen „Le doux parler des amants c'est fumée; leurs transports et leurs serments c'est fumée", während die Raucherinnen und Raucher im Publikum verzweifelt die Hände um die Sessellehnen krampfen und sich fragen, wie sie diese meistgespielte aller Opern bis zur Pause durchstehen sollen – „Das zärtliche Flüstern der Liebenden ist Rauch; ihre Leidenschaften und ihre Schwüre sind Rauch" –, in der sie ebenfalls endlich eine anzünden dürfen.

Meine Carmen hatte kein Rabenhaar und arbeitete nicht in einer Tabakfabrik, sondern in einer Bibliothek. Sie war belesen, blond, blauäugig, rundlich, mit Sommersprossen auf dem Kuschelbusen, und in ihrer Sanftmut stets bereit, eine *Dunhill Menthol* (10mg, 0,8mg, 10mg) mit mir zu teilen, wenn mich die Lust auf ein paar Züge überkam, deren Geschmack mich an die Kaugummizigaretten meiner Kindheit erinnerte.

Eines Tages verkündete sie aus heiterem Himmel, dass intelligente Menschen nicht rauchen, und dass sie in zehn Tagen damit aufhören werde, eine „blöde, fette Blondine zu sein, die ihr Leben nicht im Griff hat". Genauso drückte sie sich aus! Ich war entsetzt. Ich erkannte meine Carmen nicht wieder. Und sagte das unglücklicherweise auch: „Aber Carmen, ich bin entsetzt, du bist ja nicht wiederzuerkennen." Oh weh, dahin war ihre sommersprossige Sanftmut, wie die rabenschwarze Zigeunerin Mérimées ging sie auf mich los. Nach einem Liebesgefecht, in dem ich eine schnelle und vollständige Niederlage erlitt, begann ein unvergleichlicher Countdown. Mit der sinkenden Zahl der Tage stieg die Zahl der Zigaretten, die sie an jedem von ihnen rauchte. Ihre Wohnung, ihre Kleider, ihr Haar, die ganze Carmen roch nach einer Mischung aus Menthol und erkaltetem Rauch. Nie habe ich einen Menschen derart grimmig nach der Zigarette greifen sehen, nicht einmal Melanie. Die Philosophie Carmens bestand darin, die Frequenz bis zum Selbstekel zu steigern und dann für alle Zeiten erlöst aus dem Fegefeuer zu steigen, das sie zehn Tage am Glimmen hielt, zum Schluss buchstäblich eine an der anderen anzündend. Bei dieser denkwürdigen Methode musste sie sehr viel rauchen, um mit dem Rauchen aufzuhören.

---- ~

---- ~

---- ~

---- ~

Die Methode war erfolgreich. Ich habe Carmen nie wieder eine Mentholzigarette anstecken sehen. Sie bevorzugt jetzt die *Dunhill* in der roten Packung (10mg, 1,0mg, 10mg – das entspricht dreimal den 2004 von der EU festgelegten Höchstwerten).

**Philine**

war Nichtraucherin, als ich sie kennen lernte. Sie bewohnte zwei Zimmer mit einem winzigen Bad, in dem eine riesige Yucca aus einer Tonschale wuchs und ergeben unter der Decke entlangkroch. Ein Zimmer war für Philine, ihren Schreibtisch und ihre Bücher bestimmt, das andere für Philine, ihr Bett und ihre Schuhe. Für einen Mann hatte sie praktisch gar keinen Platz. Nein, verehrter Leser, auch nicht im Bett, dort hielten sich ebenfalls Bücher auf. Dennoch habe ich neben ihr in diesem Bett gelegen und aus *Zeno Cosini* vorgelesen, einem Roman von Italo Svevo, der in dem Buch, das Sie, geliebte Leserin, verehrter Leser, gerade in der Hand halten – womöglich ebenfalls vielversprechend nebeneinander liegend – unausweichlich erwähnt werden muss. Die Gründe dafür werde ich später erläutern. Jetzt bleiben wir erst einmal, wo wir sind: Sie nebeneinander, ich neben Philine.

Sie war zauberhaft, mit haselnussbraunen Augen, wie ich nie wieder welchen begegnet bin, über die durchsichtig wirkende Lider niedergingen, wenn sie sich konzentrierte. Die Liebe machte sie immer sehr nachdenklich. Die Lider glitten über die Augen, und zwischen den Brauen wuchs eine Falte empor und teilte die Stirn. Für mich war sie wie eine wiedergeborene Botticelli-Venus, verträumt, anmutig, mit schockierend abfallenden Schultern. Ihre Anwesenheit machte mich so poetisch, dass ich anfing, Gedichte zu schreiben, was mir bis dahin noch nie passiert war. Dabei hielt sie sich in ihrer eigenen Wirklichkeit für ein durch und durch prosaisches Geschöpf, effizient in allem, was sie tat, und in der Substruktur, sie liebte solche Worte, in der Substruktur ihres Oberflächenchaos gut organisiert. Sie legte viel Wert auf wissenschaftliches Denken und war überzeugt, es ließe sich in >Schritte< unterteilen, die – in der richtigen Reihenfolge absolviert – stets zu einem Ergebnis führen. Sie brachte es fertig, zwei Minuten, nachdem ihre Liebesfalte auf der Stirn verschwunden war, einen komplizierten Gedankengang von vorher wiederaufzunehmen, zu vervollständigen und das Ergebnis mit einem triumphierenden „Quod erat demonstrandum“ zu bekräftigen, wenn sie glaubte, die Beweiskette abgeschlossen zu haben. Ich fand es hinreißend, wenn meine wissenschaftliche Venus lateinisch wurde, und war in meiner wirklichen Naivität furchtbar verliebt in ihre scheinbare. Mein Studium ging dem Ende zu, sie hatte das ihre gerade begonnen. Uns trennten zwölf Semester. Ich glaubte die Lebenserfahrung auf meiner Seite und machte Pläne, deren Ziel darin bestand, sie zu heiraten, vielleicht nach ihrer Zwischenprüfung. Ohne es zu merken, folgte ich exakt ihrer Methode: Ich teilte alles in Schritte ein, die – in der richtigen Reihenfolge absolviert – zum gewünschten Ziel führen sollten. Dieses Ziel hielt ich jedoch streng geheim. Ich versprach nur, keine Zigarette mehr anzurühren, sobald ich den Roman, in dem Zeno Cosini eine Letzte nach der anderen raucht, zu Ende vorgelesen hätte. Es sollte ganz anders kommen.

## Anne

---- ~

Am Brustbein zwischen den beiden Rippengewölben über den Lungen befindet sich die Mea-culpa-Stelle. Meine Schuld, meine Schuld, meine übergroße Schuld – sagt Anne, und beklopft mit an den Kuppen zusammengelegten Fingern den geheimnisvollen Punkt wie eine übereifrige Nonne, die ein Kreuz nach dem anderen schlägt. Weitere Klopfpunkte befinden sich an den Schläfen, am Scheitel und hinter den Ohren. Das ist ihre neueste Methode. Sie hat auch viele andere mit Erfolg praktiziert. Manchmal rauchte sie drei Tage nicht, manchmal sechs Wochen, und einmal sogar über ein Jahr. Dieses Jahr der Wunder, wie sie es heute noch nennt, überstand sie mit Nikotinkaugummis, Kräuterzigaretten und autogenem Training unter besonderer Berücksichtigung der progressiven Muskelentspannung, das sie gelegentlich durch eine Akupunktur ergänzte, von der sie sich dann in der Sauna erholte. Wenn Anne mit dem Rauchen aufhört, wird sie zur Psychologin, Philosophin, Theologin und interessiert sich für Sport. Sie kombiniert Methoden, die nichts miteinander zu tun haben, und wäre fähig, montags zur Psychoanalyse zu gehen, dienstags in einen Kurs für Neurolinguistisches Programmieren, mittwochs zur Familienaufstellung, donnerstags zur Tantra-Gruppe, freitags zur Verhaltenstherapie, samstags auf den Fußballplatz und sonntags in die Kirche. Sie ist ein sehr vielseitiger Mensch. Neuerdings absolviert sie täglich vier Harmonys, beklopft zwischendurch ihr Brustbein und spricht ununterbrochen Affirmationen:

In mir ist Ruhe und Kraft
Ich bin glücklich und zufrieden mit meinem Leben
Ich bin glücklich und zufrieden, dass ich Nicht-
raucherin bin (was nicht ganz der Wahrheit entspricht,
Anne kann dann sehr unduldsam sein)
In mir ist Ruhe und Kraft
Ich bin wie ich bin, und ich bin glücklich und zufrieden
Ich liebe die Menschen mit allen ihren Fehlern
(was ebenfalls nicht ganz der Wahrheit entspricht,
vor allem wenn Anne gerade nicht raucht)
In mir ist Ruhe und Kraft

Von den vier Harmonys sind eine im Stehen, zwei im Sitzen und die letzte im Liegen zu absolvieren. Eine genaue Schilderung, wie die Übungen im Einzelnen auszuführen sind, würde zu weit führen, aber in ihnen wird viel mit Seelenfreude und Weltumarmung gearbeitet, und jede von ihnen endet mit einem inbrünstig gehauchten: ES ATMET. Seit Anne diese Übungen macht, rufe ich an, bevor ich sie im Atelier besuche. Sie würde nie eine Übung unterbrechen, bloß um einem unangemeldeten Kunden oder einem unangemeldeten Freund die Tür zu öffnen. Anne zeichnet und webt. Ich bin vernarrt in die luftigen, duftigen Skizzen, die in dem Zimmer, in dem ihr Webstuhl steht, überall an der Wand hängen, derzeit in den Farben Gelb, Violett, Rosa und Blau, den vier Farben der vier Harmonys. Jedes Mal, wenn ich in ihrem Atelier vorbeischaue, versuche ich, ihr eine dieser Entwurfszeichnungen abzuschwatzen, und manchmal, wenn die Affirmation der Menschen mit allen ihren Fehlern nicht zu lange zurückliegt, gelingt mir das auch. Dann gebe ich ihr einen Kuss (auf den Mund, denn Anne ist ein vielseitiger Mensch) und laufe zum Blumengeschäft an der Ecke, um einen Strauß in Gelb, Violett, Rosa und Blau zu holen. Während wir den Strauss binden lassen, verehrter Leser, stehen wir mit einer

---- ~

in der Hand ruhe- und kraftlos vor der Ladentür auf dem Bürgersteig und atmen zwischendurch.

**Kreta!**

Dich habe ich von allen am meisten geliebt, doch deinen wahren Namen gebe ich nicht preis. Ich will dich nach der Insel nennen, auf der wir uns begegnet sind. Du warst für mich wie die Freskenmädchen von Kreta, die voll Anmut die Jünglinge erwarten, die über die Stiere springen. Und du warst handfest wie eine Bäuerin, die der roten Erde unnachgiebig die Früchte abringt. Du warst wie die Göttin im Olivenhain und wie der Wind an einem heißen Tag. Und meine Ariadne warst du, die mich an ihrem Faden aus dem Labyrinth eines Romans über Jean Nicot führte, obwohl es mir nicht gelungen war, den Minotaurus, der im Zentrum eines jeden Romans auf den Schriftsteller wartet, zu erschlagen und das Buch zu Ende zu schreiben. Kreta, ach Kreta. Dich habe ich von allen am meisten geliebt, und doch sprichst du nicht mit mir. Ich schreibe dir keine Mails mehr und keine Briefe, du hast nie geantwortet; und ich spreche keine Nachrichten auf die Telebox, du hast nie zurückgerufen. Rauchst du immer noch exakt neun *Roth-Händle* (10mg, 1,0mg, 6mg) am Tag wie in den Jahren unserer Ehe, drei am Vormittag, drei am Nachmittag, drei am Abend? Hältst du unser Schlafzimmer – dein Schlafzimmer, verzeih – immer noch rauchfrei und verabscheust Zigaretten nach dem Sex? Du bist die einzige, die nie versucht hat, mit dem Rauchen aufzuhören, und deren tägliche Dosis stets gleich geblieben ist, drei am Vormittag, drei am Nachmittag, drei am Abend – und niemals eine nach Mitternacht, auch nicht an Silvester. Nur einmal hast du das Rauchen vorübergehend eingestellt, aus Protest gegen Paula und um zu beweisen, wie einfach das Aufhören ist: Wer nicht mehr rauchen will, soll nicht mehr rauchen. Schluss, aus, Nikolaus! Ich stelle mir dein verächtliches Lächeln vor, wenn du dieses Buch zu Gesicht bekommst, wie du es mit beiden Händen packst und auseinander biegst, dass sein Rücken knackt, wie du das rechte Auge zusammenzwickst, um es vor dem dunstigen Faden zu schützen, der von der Filterlosen in deinem Mundwinkel aufsteigt, wie sich deine schwarzen Brauen heben wie Krähenflügel, wenn du beim Überfliegen auf Paula triffst, die du mir nie verziehen hast. Aber wenn du liest, dass ich dich immer noch liebe, Kreta, mein Mädchen, meine Frau, meine geschiedene Allerschönste, dann wird dein Lächeln mild, und du nimmst die Filterlose aus dem Mund, tupfst mit der Kuppe des Mittelfingers den Tabakkrümel von der Lippe und öffnest das rechte Auge, das wegen einer Verletzung aus Kindertagen einen bernsteinfarbenen Einschluss in der grünen Pupille hat, dem ich noch immer verfallen bin.

## Paula

---- ~

Sie spricht noch mit mir, aber wir sehen uns selten. Sie hat mir meine untreue Treue zu Kreta nicht verziehen. Paula geht beim Rauchen systematisch vor. Sie hat stets ein altes Benzinfeuerzeug aus Nickelblech dabei, ein silbernes Zigarettenetui im Damenformat (sie sind unverständlicherweise nur halb so breit wie die üblichen) und einen winzigen tragbaren Aschenbecher mit einem Fassungsvermögen von einer Zigarettenkippe. Außerdem hat sie einen ständigen Begleiter Namens Paul. So nennt sie ihren inneren Schweinehund. Paula ist der Überzeugung, dass Schweinehunde grundsätzlich männlich sind, was der verehrte Leser ihr nicht übel nehmen sollte, denn Paula ist eine faszinierende Frau.

Sogar grundsätzlich männliche Schweinehunde haben das Recht auf einen Namen, und so lag es für sie nahe, einfach den letzten Buchstaben ihres eigenen Namens wegzulassen. Paula und Paul sind häufig verschiedener Meinung, und der innere Geschlechterkampf wird auf beiden Seiten mit großer Leidenschaft geführt. Ein dazustoßender Dritter kann leicht zwischen die Linien geraten. Genau das ist mir passiert, ich werde später davon erzählen.

Die Auseinandersetzungen zwischen den beiden eskalieren regelmäßig in den Phasen, in denen Paula das Rauchen aufgeben will, Paul aber nicht. Wenn auch Paula das Rauchen gerade nicht aufgeben will, geht sie folgendermaßen vor: Sie legt das Etui auf den Tisch und stellt den Benziner daneben, der mehr eine Art Flammenwerfer ist und beim Feuergeben stinkt wie ein Zweitakter. Wenn es keinen Aschenbecher in der Nähe gibt, stellt sie noch ihren Mini dazu, obwohl sie genau weiß, dass er nicht ausreichen wird, denn mit einer geben Paula und Paul sich selten zufrieden, sie sind ja auch zu zweit. Wenn alles bereit ist, klappt sie das Etui auf. Auf der einen Seite stecken sechs *Davidoff* hinter dem Haltebändchen, und zwar nicht die gewöhnlichen, sondern die dicken teuren *Davidoff Magnum* mit dem weißen Mundstück und dem starken Virginia-Tabak (10mg, 1mg, 10mg); auf der anderen Seite des Etuis stecken sechs Zigarillos der Marke *Christian of Denmark*, ebenfalls teuer und stark (aber ohne Milligrammzahlen auf der Packung). Wenn Paula das Etui geöffnet hat, ist der Augenblick der Entscheidung gekommen. Eine der dicken weißen Zigaretten oder einen der dünnen braunen Zigarillos? Paul ist das meistens egal, Hauptsache Nikotin. Die Entscheidung ist insofern folgenreich, als hinter der ganzen Prozedur die Absicht steht, die tägliche Ration auf zweimal sechs zu beschränken. Leer geraucht ist leer geraucht, sagt Paula, was Paul nicht daran hindert, so lange zu zetern, bis das Etui wieder aufgefüllt ist. Das kann sich ein-, zweimal am Tag wiederholen. Aber dieses Nachfüllen ist eigentlich nicht erlaubt, und so muss bei jeder Wahl die aktuelle Vorratslage auf den beiden Seiten berücksichtigt werden. Paula ist der intelligenteste Mensch, dem ich jemals begegnet bin – verzeih mir, Kreta. Sie ist Rechtsanwältin in einer großen Kanzlei, und wenn dort bei den Meetings die unsichtbaren Schilfrohre kreisen, gehört sie zu den Ersten, die daran ziehen, auch wenn es unter ihren männlichen Konkurrenten immer noch Komantschen gibt, die Squaws von den Ratsplätzen fern halten wollen. Sie spricht verhandlungssicher drei Fremdsprachen außer Englisch, das sich ihrer Meinung nach von selbst versteht, nämlich Italienisch, Französisch und Spanisch. Ihr Haar ist rot und ihr getesteter IQ dreißig Punkte über dem meinen, der magere fünfzehn Pünktlein über dem Durchschnitt von hundert liegt. Paul hat möglicherweise nur einen IQ von fünfundachtzig, und wenn Sie, geliebte Leserin, und Sie, verehrter Leser, trotz des Nikotinentzugs, den Sie allmählich zu spüren bekommen, weil Paula sich noch immer nicht zwischen den Zigaretten und den Zigarillos entschieden hat *Bitte rauchen Sie nur, wenn das Signal erscheint.* wenn Sie sich trotzdem zusammenreißen und nachrechnen, werden Sie feststellen, dass Paula und Paul zusammen genommen im Durchschnitt auch nur auf einen Wert von hundertfünfzehn kommen.

„Das ist alles Kokolores", würde Kreta jetzt mit einem typischen Kreta-Wort sagen, wenn sie noch mit mir sprechen würde, „getestete Intelligenz und gelebte Klugheit haben überhaupt nichts miteinander zu tun. Schau dir doch den Affentanz an, den deine komische Paula mit ihrem komischen Paul veranstaltet. Sie kann sich ja nicht mal zwischen den zwei Seiten ihres komischen Zigarettenetuis entscheiden."

Ich weiß nicht, was die geliebte Leserin dazu meint, wir Männer, verehrter Leser, halten uns da besser heraus. Ob Kreta im Allgemeinen nun Recht hat oder nicht, Paula ist inzwischen zu einem Ergebnis gelangt und zieht einen Zigarillo aus dem Etui, hält ihn unter die Nase, schnuppert, drückt mit den Fingern am Rand eines etwas abstehenden Tabakblattes herum, das nicht ganz perfekt gewickelt wurde, knickt das Stück mit dem Nagel des kleinen Fingers vorsichtig ab, steckt den Zigarillo in den Mund, klappt glücklich die Haube des Benziners zurück, reißt mit einer raschen Bewegung des Daumens das geriffelte Rädchen über den Feuerstein, lässt die Flamme einen Augenblick brennen, damit das beim Anreißen hochdampfende Benzin in der Luft verpufft und nicht in den Tabak gezogen wird, dreht den Zigarillo mit der freien Hand rasch noch einmal zwischen den Lippen, um das Mundstück eine Idee anzufeuchten, und zündet ihn – es tut mir leid, sie legt ihn wieder hin, sie legt ihn tatsächlich wieder hin. Und klappt das Feuerzeug zu. Das kommt sonst nie vor, nicht, wenn sie den Rillo schon feucht gemacht hat. *Bitte rauchen Sie nur, wenn das Signal erscheint.* Sie behält den Zigarillo in der Hand und holt mit der anderen eine Zigarette heraus. Dann legt sie den Zigarillo quer über das Sortiment im offenen Etui, damit das Mundstück wieder trocknen kann. Sie betrachtet die Zigarette, hält sie am Filter fest und schaut angestrengt auf die kleine, blonde Himmelsscheibe am anderen Ende. Wahrscheinlich hat Paul etwas Blödes gesagt. Er muss nur ›Na mach schon‹ flüstern, und sie bringt es aus lauter Trotz fertig, die Zigarette zurückzulegen. *Bitte rauchen Sie nur, wenn das Signal erscheint.* Paula stößt die Zigarette mit der offenen Seite zwei-, dreimal auf den Tisch, rollt sie ein wenig zwischen den Fingern und steckt sie zwischen die Lippen, die nie geschminkt sind, obwohl auf den schwanenweißen *Davidoff*-Filtern der rote Abdruck besonders hübsch aussehen würde, wie gemalt. Sie nimmt wieder den Benziner zur Hand, sie schnippt den Deckel zurück, sie reißt die Flamme an, sie lässt das Benzin verpuffen, sie neigt ihren roten Bubikopf, sie gibt sich Feuer. Gott sei Dank.

---- ~

**Kreta** wollte nie aufhören. Jahrelang rauchte sie gleichmäßig ihre drei mal drei *Roth-Händle*, die ich jahrelang schauderhaft fand. Und jetzt sehne ich mich nach ihrem Duft. Heute weiß ich, dass ich Kreta an dem Tag verlor, an dem sie eine *Roth-Händle* vor meinen Augen zerbrochen und gesagt hat, sie würde erst wieder rauchen, wenn ich entweder mit meiner >komischen Paula< Schluss gemacht hätte oder ausgezogen wäre. Ich brauchte einen Monat, um mit Paula Schluss zu machen, und Kreta kehrte zu ihren drei mal drei *Roth-Händle* pro Tag zurück. Ich weiß, dass sie schon begonnen hatte, vorsichtig in Erwägung zu ziehen, mir Paula irgendwann zu verzeihen. Nur selbst konnte ich mir Paula nicht verzeihen. Und vor allem, ich kam nicht von ihr los, obwohl die Affäre beendet war und beendet blieb. Ein halbes Jahr, nachdem Kreta die Zigarette zerbrochen hatte, beschlossen wir, vorübergehend auseinander zu ziehen, um Abstand zu gewinnen und dadurch unsere Ehe zu retten. Wir gewannen den Abstand und verloren uns. Ich habe Kreta seit dem Termin beim Scheidungsrichter nicht mehr gesehen. Nach der Prozedur standen wir verlegen auf der Treppe zum Gerichtsgebäude. Plötzlich begann sie über Alain Resnais' Film *Smoking/No smoking* zu sprechen, den wir während unserer Ehe mehrmals zusammen gesehen hatten, zweimal im Kino und noch ein- oder zweimal im Fernsehen. „Wie ein Augenblick das ganze Leben verändern kann“, sagte Kreta, „Smoking – No smoking“, und zuckte mit Tränen in den Augen die Schultern. Dann holte sie eine *Roth-Händle* aus der Handtasche, gab mir einen Kuss auf die Wange, zündete die Zigarette an und ging rasch davon.

Von meiner Ehe mit Kreta abgesehen spielte *Roth-Händle* nur in meiner Anfangszeit als Raucher eine gewisse Rolle, als ich mit siebzehn in einer verqualmten Bahnhofskantine saß, Flaschenbier trank, filterlose Zigaretten verschiedener Marken ausprobierte und vor Ekel Bauchweh hatte. Es ist viel schmerzhafter, mit dem Rauchen anzufangen, als damit aufzuhören. Ich saß nach der Schule in der Bahnhofskantine, starrte grübelnd durch die schmierigen Fenster und wartete darauf, dass der rotbeige TEE durch die Halle brauste. Erst danach fuhr der Bummelzug ein, der draußen auf einem Nebengleis schon bereitstand. Ich rauchte filterlose *Reval* (10mg, 0,9mg, 6mg), *Gauloise brune* (10mg, 0,7mg, 9mg) und manchmal *Roth-Händle.* Es war eine trübe Zeit. Nicht mehr Kind und noch nicht erwachsen, rannte ich querköpfig und im Herzen ratlos gegen das an, was man damals >die Verhältnisse< nannte. Die filterlosen Ungeheuer, die mir die Lunge ausbrannten und die Spitzen des Zeige- und des Mittelfingers gelb färbten, sollten Signale des Aufruhrs sein und quälten doch nur mich selbst. Damals standen zwei Werte auf den Schachteln: Nikotin und Kondensat. Mit diesem seltsamen Ausdruck ließen sich so hässliche Worte wie >Teer< und >Kohlenmonoxid< vermeiden. Die Zahlen standen klitzeklein auf den Steuerzeichen, und Warnhinweise fehlten. Es gab damals eine EWG, aber noch keine EU-Gesundheitsminister. Anstelle der schwarz gerahmten Hinweise hatte die *Badische Tabakmanufaktur Roth-Händle, Lahr i. B.* auf ihre Schachteln geschrieben: „Ein Zug durch die noch nicht brennende Cigarette überzeugt Sie von dem feinen und würzigen Aroma dieser klassischen Tabakmischung.“ Dieser Hinweis steht auch heute noch auf der Längsseite der Packung direkt über der kleinen Todesanzeige. Auch wenn Kreta verächtlich die Brauen hochziehen würde: Ich finde, die *Badische Tabakmanufaktur* hat Recht: *Roth-Händle* schmecken am besten unangezündet. Aber das gilt auch für Schilfrohre, Zigarillos und Filterzigaretten.

**Anne** könnte die Methode >Rauchen ohne Feuer< gefallen. Ich sehe sie vor mir, wie sie konzentrierte Züge durch die kalte Zigarette nimmt, hyperventiliert und dabei ES ATMET, ES ATMET flüstert. Neulich war ich wieder einmal in ihrem Atelier und habe mit Erstaunen festgestellt, dass sie sich auf eine Marke festgelegt hat. Das widerspricht ihrer ganzen >vision du monde<, wie sie sagen würde, oder im Stil von Kreta ausgedrückt: Es widerspricht dem, was Anne für ihre Weltanschauung hält. Bis zu ihrer überraschenden Festlegung war ihr Sortiment an Zigarettenmarken so vielfältig wie ihre Kunst, mit dem Rauchen aufzuhören. Nun raucht sie *American*

*Spirit*, diese grünalternative Indianermarke, die deshalb so gesund ist, sagt Anne, weil der verarbeitete Tabak unparfümiert und naturbelassen bleibt. Vor allem enthält er kein Ammoniak. Das ist der Stoff, der Melanie glücklich macht. Er entsäuert den Rauch und sorgt dafür, dass die Lunge das Nikotin besonders schnell aufnimmt und in Sekunden zur Hirnzentrale, Abteilung Belohnen weiterschickt.

Ammoniak wurde erstmals 1965 von Philip Morris eingesetzt, um die *Marlboro* zu tunen. Mitte der 20er Jahre war die Marke als Damenzigarette lanciert worden, Mitte der 50er begannen die Cowboys die Lassos zu schwingen und Kunden zu fangen. Aber in Wahrheit haben nicht sie aus der *Marlboro* die meistverkaufte Zigarette der Welt gemacht, von der jährlich 200 Milliarden zwischen zusammengepressten Lippen verglühen, sondern der Ammoniak-Flash, dem auch Melanie nach ihrer *Javaanse Jongens*-Jugend verfallen ist.

Verglichen mit den drei *Marlboro*-Sorten Melanies sind die vier Sorten *American Spirit* von Anne eine treuherzige Angelegenheit. Der politisch korrekte Indianer im Logo raucht sogar Pfeife. Ich muss Anne fragen, ob der Tabak ihrer neuen Marke ökologisch angebaut wird, er wäre dann noch gesünder. Die *Spirit* gibt es in Orange (3mg, 0,4mg, 4mg), Gelb (5mg, 0,6mg, 6mg), Hellgrün (7mg, 0,8mg, 8mg) und Türkis (9mg, 1,0mg, 10mg). Anne raucht sie alle durcheinander. Die vier Farben der *Spirit* haben die vier Farben der nicht mehr zelebrierten Harmonys abgelöst. Das gibt den Entwurfsskizzen für ihre prachtvollen Decken einen neuen Touch. Vielleicht kann ich ihr eine dieser Skizzen abschwatzen, bevor sie zur nächsten Periode übergeht und erneut die Farben wechselt.

Meine kurze Liebe mit Anne, aus der eine wunderbare und gleichbleibend ungetrübte Freundschaft geworden ist, fällt in die Zeit vor meiner Ehe mit Kreta. Die beiden kennen und mögen sich. Mich hat das lange gewundert. Zwischen der spirituellen Anne und meiner kopfstarken Kreta könnte der Unterschied größer nicht sein. Aber vielleicht sind sie gerade deshalb befreundet.

Ich weiß, dass die beiden sich immer noch treffen, aber wenn ich mich bei Anne nach Kreta erkundige, legt sie sofort ihre Vielseitigkeit ab. Sie wird dann so störrisch wie der Esel, der einst zwischen meinem und Kretas Auto mitten auf einer schmalen Bergstraße stand. Nur hat der Esel damals dafür gesorgt, dass Kreta und ich uns kennen lernten. Sie stieg aus ihrem verbeulten Miet-Fiat, ich stieg aus meinem verbeulten Miet-Fiat, und gemeinsam schoben wir so lange an dem Tier herum, bis es sich wieder in Bewegung setzte und die wer weiß vor wie viel Stunden begonnene Überquerung der Straße vollendete. Kreta und ich rochen mit lachenden Iiiihs und Puuuhs an unseren Fingern, denn das Fell des Esels war so wenig parfümiert wie der Tabak der *Spirits* von Anne. Nach dem gemeinsam erfochtenen Sieg verabredeten wir uns zum Abendessen in dem Restaurant am Marktplatz des Dorfes, in dem sich auch die Tankstelle befand, bei der wir beide unsere verbeulten Fiats gemietet hatten.

Anne kennt diese Geschichte, wir haben oft darüber gelacht bei gemeinsamen Abenden zu dritt – oder zu viert, wenn Anne eine ihrer vielseitigen Liebschaften mitbrachte. Was gäbe ich nicht für einen solchen Abend, Kreta, wenn du mich schon nicht allein treffen willst. Ich würde für ihn mit dem Rauchen aufhören, gleich, auf der Stelle, in diesem Augenblick.

---- ~

**Philine** lernte das Rauchen bei unseren im Bett verbrachten Sonntagvormittagen, als ich ihr den *Zeno Cosini* vorlas mit dem Versprechen, nach dem Ende des Romans keine Zigarette mehr anzurühren. Der Triester Schriftsteller Italo Svevo, der trotz seines Vornamens deutsche Wurzeln hatte und in Wahrheit Ettore Schmitz hieß, ließ seinen Zeno Cosini im Roman all die zahllosen vergeblichen Vorsätze niederschreiben, die er im wirklichen Leben selbst gefasst hatte – nicht minder vergeblich. Kein realer Schriftsteller und keine fiktive Figur haben mehr letzte Zigaretten geraucht als Italo Svevo und Zeno Cosini. Der Schriftsteller schreibt an seine Verlobte: „Was ich jetzt rauche, ist die letzte Zigarette! Caro bombon! Wenn ich nicht einmal das fertig bringe, was werde ich dann für Dich im Leben leisten können? Nichts!“ Die Romanfigur schreibt: „Ich bin überzeugt, dass die Zigarette anders und bedeutsamer schmeckt, wenn sie die letzte sein soll.“ Der Schriftsteller bemerkt über sich: „Er verbringt sein Leben damit, die letzte Zigarette zu rauchen.“ Der Romanheld bedeckt während seines Studiums die Tapete der Zimmerwand mit den Daten und Uhrzeiten lauter letzter Zigaretten. Dann kündigt er die Wohnung. „Ich verließ das Zimmer wie einen Friedhof meiner guten Vorsätze.“ Italo Svevo hörte erst auf zu rauchen, als er starb. Zeno Cosini, der unsterblich ist, wird eine Letzte nach der anderen anzünden, solange es Leserinnen und Leser gibt.

Oh ultima sigaretta, die du so bedeutend schmeckst, wenn du die letzte sein sollst, wie ich dir entgegenfieberte, der Großen, Letzten, Allerletzten in Svevos Roman und in meinem verliebten Leben. Doch die Einhaltung des Versprechens wurde mir nicht abgefordert. Unsere Liebe ging noch vor dem Roman zu Ende. Philine machte nur zarte Erfahrungen mit dieser „widerlichen Angewohnheit", wie das Rauchen von Zeno bezeichnet wird, der sich gern „armer Cosini" nennt. Philine indessen erwies sich als resistent gegen Nikotin und Ammoniak, gegen Benzol, Formaldehyd, Blausäure und die zwei- oder viertausend anderen Gifte, die in Zigaretten enthalten sind. Sie gehört zu jener seltenen und besonders schutzwürdigen Gattung tatsächlicher Gelegenheitsraucher, die es fertig bringen, wochenlang nicht an Zigaretten zu denken, und sich dann an einem beschwingten Party-Abend durch die Runde schnorren und eine halbe Schachtel wegrauchen, ohne es überhaupt zu merken.

Während ich vorlas, wie Zeno sich mit Zigaretten und Vorsätzen quält, hatte Philine, von mir unbemerkt, eine aus meiner Packung gefischt. Als das Feuerzeug knipste und ich gleich danach den Rauch roch, hörte ich überrascht mit dem Lesen auf. Zauberhaft, wie sie nun einmal war, lag sie mit einer glimmenden Zigarette in der Hand nackt neben mir auf dem Rücken und sagte:

„Lies doch einfach weiter."

Ich warf einen raschen Blick auf ihren zauberhaften Nabel, gehorchte und lieh Zeno erneut meine Stimme:

„Zuletzt waren meine Tage angefüllt mit Zigaretten und mit Vorsätzen, nicht mehr zu rauchen, und, um gleich alles zu sagen, von Zeit zu Zeit sind sie es immer noch. Der Reigen der letzten Zigaretten, der mit zwanzig eröffnet wurde, dreht sich immer noch. Der Vorsatz ist nur weniger streng geworden, und meine Schwäche trifft in meinem altgewordenen Gemüt auf mehr Nachsicht."

Philine begann zu kichern, verschluckte sich am Rauch und hustete ihn aus der Speiseröhre, während sie die Zigarette tapfer in der Hand behielt, schließlich war es ihre erste. Ich wartete, bis sie sich soweit beruhigt hatte, dass sie den nächsten Zug nehmen konnte, und fuhr fort:

„Im Alter lächelt man über das Leben und über alles, was dazugehört. Ja, ich kann sagen, dass ich seit einer gewissen Zeit viele Zigaretten rauche – die nicht die letzten sind."

Dann kam ich zu der Stelle, wo Zeno vom Verlangen nach Zigaretten zum Verlangen nach Frauen übergeht. Er bekennt beschämt, die Frauen gefielen ihm hauptsächlich „stückweise", so drückt er sich aus, bei der einen der Hals, bei der anderen die Brust und so weiter. Dann sagt er traurig: „Gesunde Liebe umfasst die ganze Frau und nur sie allein, mitsamt ihrem Charakter und ihrer Intelligenz."

Philine hatte sich aufgesetzt und schüttelte sich vor Lachen. Ein langes Aschestück fiel in ihren Schoß. Ich nahm ihr die Zigarette weg und drückte sie aus, dann machte ich einen Finger feucht und tupfte vorsichtig die Asche aus dem zauberhaften Haar. An diesem Tag lasen wir nicht weiter.

---- ~

**Carmen** legte zehn Tage lang Scheit für Scheit in ihr Fegefeuer und rauchte und rauchte und rauchte. Es war schrecklich mit anzusehen, und beinahe wäre ich es gewesen, den sie in diesen Tagen zum Nichtraucher bekehrt hätte. Die Luft in ihrer Wohnung war undurchsichtig und schwer, überall standen volle Aschenbecher herum und verbreiteten dieses ganz besondere, jedem nikotinsüchtigen Menschen vertraute Todesaroma. Carmen ekelte sich furchtbar, aber die Aschenbecher blieben ungeleert. Sie wollte den Erfolg ihrer Methode nicht gefährden. Ihre Augen schwollen zu, die Nase klang beim Sprechen verstopft, und die Hustenanfälle, von denen Carmen gepeinigt wurde, hätten sogar das Mitleid der tuberkulösen Patienten auf dem *Zauberberg* erregt, den sie mindestens dreimal gelesen hatte. Sobald ein Anfall vorüber war, fingerte sie die nächste aus der Schachtel und zündete sie mit zitternden Händen an. In den letzten drei Tagen ihrer mörderischen Kur hatte ich Besuchsverbot. Den ersten Tag ihres neuen Lebens wollten wir gemeinsam mit einem Ausflug verbringen, und ich hatte ihr versprochen, an diesem Tag ebenfalls nicht zu rauchen. Als ich kam, um sie abzuholen, standen Türen und Fenster sperrangelweit offen, das Bett war abgezogen und die Waschmaschine lief. Carmen strahlte, und die Sommersprossen in ihrem Gesicht schienen zu tanzen. Sie empfing mich in einem frischgewaschenen und vom Trockner flauschig geblasenen Bademantel, und als ich sie küsste und den Mantel abstreifte, kam nichts als ihre liebe Figur zum Vorschein.

Hinterher lagen wir nebeneinander auf dem Flokadi und naschten von dem Potpourri aus Bananenscheiben, Ananas- und Apfelstücken, den sie vorbereitet hatte. Von nun an, sagte sie, gibt es nur noch frisches Obst und Gemüse. Ich hielt das für ein schlechtes Zeichen, besonders das >nur noch< erregte meinen Argwohn. Aber diesmal war ich klug genug, den Mund zu halten, um nicht wieder die vulkanische Verwandlung meiner blonden Carmen in ein mériméesches Ungeheuer zu erleben. Als wir uns zu dem Ausflug fertig machten und sie die Fenster in Kippstellung brachte, fiel mir in ihrem Bücherregal ein großes Einweckglas in die Augen. Mich schauderte. Es stand neben einer zerlesenen Ausgabe des *Zauberberg* und war randvoll mit Zigarettenkippen. „Ich verstehe es nicht", sagt Hans Castorp in diesem Roman, „wie jemand nicht rauchen kann." Was für Carmen die Menthol-Zigaretten waren, sind für ihn die Zigarren. Auf das Einweckglas voller bis zum Filter abgerauchter Kippen hatte Carmen eine Art Etikett geklebt, das sich als Zitat Hans Castorps erwies, als ich näher herantrat, um es zu lesen: „Ein Tag ohne Tabak, das wäre für mich der Gipfel der Schalheit, ein vollständig öder und reizloser Tag, und wenn ich mir morgens sagen müsste: heute gibt's nichts zu rauchen – ich glaube, ich fände den Mut gar nicht, aufzustehen, wahrhaftig, ich bliebe liegen." Das sprach Carmen aus der Seele, und doch hatte sie mit Brachialgewalt den Absprung geschafft und ihre Sucht begraben. Vorsichtig erkundigte ich mich nach dem gläsernen Sarg. Sanftmütig setzte sie mir auseinander: Immer dann, wenn das Verlangen nach einer Zigarette sie überkäme, würde sie die Metallspange lösen, den Deckel hochklappen und die Nase in das Weckglas halten. Ich weiß nicht, wie oft Carmen an ihrem Kippengrab geschnüffelt hat, aber es dauerte fast drei Monate, bis sie es in die Mülltonne warf und die roten *Dunhill* zu rauchen begann.

Mit Carmen war ich während meiner Studienzeit zusammen. Wir leben schon lange nicht mehr in der gleichen Stadt, aber ein- oder zweimal im Jahr treffen wir uns. Sie ist noch etwas rundlicher geworden, führt eine eigene kleine Buchhandlung, in der Rauchverbot herrscht, ist mit einem charmanten Nichtraucher verheiratet und hat zwei blonde, sanftmütige Töchter im Alter von neun und elf Jahren. Sie ist überhaupt keine fette, blöde Blondine, wie sie damals von sich behauptete, und sie hat ihr Leben im Griff – allerdings auch die roten *Dunhill*, für die sie den Kindern zuliebe auf den Balkon geht.

---- ~

**Melanie** bin ich zuletzt begegnet, als sie sich gerade zum Zehnerquantum hinabgearbeitet hatte, das sie stabilisieren und halten wollte. Sie konnte an nichts anderes mehr denken als an ihre Ration. Wann sie die erste rauchen würde. Wann die zweite. Wie weit sie mit der dritten käme. Und so weiter durch den ganzen Tag. Und ob sie am Abend die zehnte noch in der Schachtel haben würde. Und wie schlimm sie nach der zehnten und letzten vor dem Nichteinschlafenkönnen in der Nacht vom Verlangen nach der elften, allerletzten und der zwölften, allerallerletzten gepeinigt werden würde. Sie war wirklich verzweifelt. Sie saß mir am Cafétisch gegenüber, die Schachtel auf- und zuklappend, Zigaretten herausziehend und hineinschiebend. In ganzen Serien von Übersprungshandlungen knipste sie am Feuerzeug herum ohne sich Feuer zu geben und redete ununterbrochen vom Rauchen und wie glücklich sie darüber sei, endlich die Umerziehung vom Sucht- zum Genussrauchen geschafft zu haben. Dann hielt sie es nicht länger aus, griff betont selbstbeherrscht nach der Schachtel, legte die Schachtel noch einmal hin, fingerte sich endlich eine heraus, steckte sie in den Mund und zündete sie an.

---- ~

Sie wäre zu einem Mord fähig gewesen in diesem Moment, um zu verhindern, dass ihr jemand die Zigarette wegnimmt. Sie inhalierte den Rauch wie einst Franziska van Almsick die Luft am Ende der Bahn und starrte nach dem dritten oder vierten Zug gedemütigt auf den Lippenstiftabdruck am Mundstück. Ich konnte es nicht mit ansehen, schnorrte trotz der sofort in ihren Augen aufflackernden Panik ihre Nummer sechs und riet:

**Melanie, glaub mir, das geht so nicht,**
**du musst ganz aufhören.**

Sie schaute mich an, als hätte ich etwas unerhört Obszönes gesagt. Zum Beispiel: Ich liebe dich! Oder etwas in dieser Art.

---- ~

Ich selbst hörte zum erstenmal mit neunzehn auf, zwei Jahre, nachdem ich in der Bahnhofskantine angefangen hatte. Ich unvollendete gerade einen Roman, der von einer unglücklichen Liebe handelte, außerdem von Melanie, und war selbst unglücklich verliebt, dito. Auf diese, Wirklichkeit und Fiktion vermischende Weise gelangte ich zu der Überzeugung, ein neues Leben beginnen zu müssen. Das ist mit neunzehn schwierig, denn in diesem Alter fängt sowieso alles ununterbrochen an. Und jedem Anfang wohnt ein Zauber inne, wie der Kollege bemerkt hat, dessen *Steppenwolf* ich damals mit angemessen juveniler Verzweiflung las. Den Zauber des eigenen Anfangs machen sich die meisten Menschen erst in der Erinnerung bewusst: Zum Beispiel diese alte Dame, von der wir uns vorstellen wollen, **geliebte Leserin, verehrter Leser**, dass sie an der Bushaltestelle sitzt, dem kleinen Pudel in ihrer Handtasche das Köpfchen krault und dabei zu den Jungs hinüberschielt, die gerade die Schachtel kreisen lassen. Sie hat vor zwei Wochen aufgehört, an ihrem 70sten Geburtstag, und ihre erste Zigarette etwa in dem Alter geraucht, in dem die Jungen jetzt sind. Wie schön ihr Haar damals war, manchmal hatte sie nach dem Waschen selbst daran geschnuppert, wie klar und leuchtend ihre Augen, wie rosig und straff die Haut, wie voll und rot die Lippen; und wie die süßen jungen Männer mit den niedlichen Flaumbärtchen und den verletzlichen Adamsäpfeln in den mageren Hälsen mit ihr geflirtet hatten; und wie herrlich die erste Zigarette gewesen war. Daran denkt sie besonders gern. Viele behaupten, die erste sei eklig. Ihre hat wunderbar geschmeckt, eigentlich war es die beste ihres Lebens, und sie hätte besser daran getan, schon diese erste zugleich als ihre letzte zu rauchen, anstatt vierundfünfzig Jahre später die 385.278ste, denn so viele waren es bei durchschnittlich 20 Stück am Tag, ihre beiden Schwangerschaftszeiten abgerechnet, in denen sie fast auf null reduziert hatte. Wie sie so die jungen Hunde betrachtet, die bestimmt denken, dass sie eine alte Hexe ist, die wegen der Raucherei gleich anfängt zu schimpfen, bekommt sie dermaßen Lust auf eine Zigarette, dass sie den Reißverschluss an der Seite der Pudeltasche aufzieht und eine Schachtel der oft unterschätzten *Eve* (10mg, 0,7mg, 10mg) herausholt, die sie für den Rückfall bei sich führt. Die Streichhölzer kann sie nicht finden, und so winkt sie einem der Jungs, der brav heranschlurft mit seinen Weltraumturnschuhen und dem Hosenboden in den Kniekehlen. Der Junge beugt sich zu der alten Dame hinunter und gibt ihr Feuer. Für einen kurzen Moment fällt eine blau gefärbte Strähne des jungen Mannes in das weiße Haar der alten Frau, und die beiden lächeln sich an. Dann schlurft der Junge zurück zu seinen Freunden, die Dame raucht zufrieden ihre *Eve.* Und zu dem Pudel, der aus der Handtasche vorwurfsvoll zu ihr emporblickt, sagt sie schnippisch: „Na und!“

---- ~

Mit neunzehn vergrub ich meinen unvollendeten Roman über meine unvollendete Liebe zu Melanie im Wald, hörte mit dem Rauchen auf und begann ein neues Leben, indem ich anfing, einen neuen Roman zu schreiben, der wieder von Melanie handelte, und davon, wie ein junger

Mann gereift und erfahren aus einer unglücklichen Liebe hervorgeht, sein Leben ändert, einen unvollendeten Roman im Wald vergräbt und die Stadt verlässt. Daraufhin fällt es der Frau wie Schuppen von den Augen, und sie begreift das ganze Ausmaß ihres Verlusts. Sie folgt dem jungen Mann in die Stadt, spürt ihn auf, fällt ihm drei Seiten lang tränenreich um den Hals, und wenn sie nicht gestorben sind, dann lieben sie noch heute.

Ich habe damals tatsächlich die Stadt verlassen, aber nicht wegen Melanie, sondern wegen meines Studiums. Den Militär- beziehungsweise Zivildienst hat mir der Musterungsarzt unter besonderer Berücksichtigung meiner Kurzsichtigkeit erspart. Die wirkliche Melanie dachte anders als die im Roman nicht daran, mir aus unserer Kleinstadt in die Universitätsstadt zu folgen, um mich >im Dschungel der Metropole< aufzuspüren – so hatte ich oder mein Erzähler, vielleicht war das auch dasselbe, formuliert, von der Großstadt noch ganz überwältigt. Das Aufspüren war nicht schwer, denn ich stand im Telefonbuch. Es dauerte drei Monate, bis sie anrief – ich hatte mit höchstens drei Wochen gerechnet – und mich fragte, ob wir uns nicht treffen wollten. Da ich in der Institutsbibliothek über den Karteischrank des alphabetischen Katalogs hinweg, der seinerzeit noch aus handgetippten Karten bestand, einer sanftmütigen Blondine in die blauen Augen geblickt und vor der Bibliothek bereits die ersten Mentholzigaretten *Bitte rauchen Sie nur, wenn das Signal erscheint* mit ihr geteilt hatte, fiel es mir nicht schwer, in Melanies Angebot einzuschlagen, gewissermaßen, denn es wurde ja am Telefon gemacht. Aus meiner verunglückten Jugendliebe wurde im Lauf der Jahre die >älteste Freundin<, ohne die kein Mann, sei er verheiratet oder nicht, durchs Leben gehen sollte. Keinen Menschen kenne ich besser als Melanie, ausgenommen Kreta und Anne, auch wenn mir das >Erkennen< im biblischen Wortsinn bei Melanie versagt geblieben ist.

Seit ich Mentholzigaretten mit Carmen rauchte *Bitte rauchen Sie nur, wenn das Signal erscheint.* hatte ich auch die Arbeit an meinem zweiten Roman über Melanie & mich eingestellt. Dieses unvollendete Manuskript vergrub ich nicht im Wald, sondern warf es einfach mitsamt der Kladde in die Mülltonne. Nur als der Deckel zufiel und wie zum Hohn ein schnappendes Geräusch machte, streifte mich ein Hauch der Wehmut des Scheiterns. Während ich die Treppe zu meiner Mansarde hochstieg, überlegte ich ein paar verführerische Sekunden lang, das Manuskript in einen Umschlag ohne Absender und Adresse zu stecken und einem Briefkasten der Deutschen Bundespost anzuvertrauen; so ähnlich, wie einst die Mütter, die sich nicht in der Lage sahen, ihre Babys groß zu ziehen, sie auf die Kirchenpforte legten. Aber dann geschah etwas wirklich Sonderbares: Mir fiel ein, dass ich den Text in meinem Leichtsinn der Neugier der mülltonnenmitbenutzenden Nachbarschaft preisgegeben hatte, auf der Kladde stand sogar mein Name. Ich holte eine Plastiktüte aus der Küche, um mein verworfenes Buch in ein Leichentuch zu wickeln, und ging noch einmal hinunter in den Hof. Als ich den Deckel der Mülltonne hob, die erfahrene Leserin und der erfahrene Leser werden es schon vermuten, war das Manuskript nicht mehr da.

Aus dieser Situation könnte ich nun eine spannende literarische Zukunft entwickeln:

> Nachdem ich als Schriftsteller berühmt geworden bin, erhalte ich eines Tages von einem begeisterten Leser, oder noch lieber: von einer begeisterten Leserin mein verschollenes, unvollendetes Manuskript zurück, immer noch romantisch in die etwas verschmutzte Kladde geheftet. Gerührt von dieser Gelegenheit, frühes Scheitern mit spätem Erfolg zu versöhnen, schreibe ich den Roman zu Ende, versehe ihn mit einem Nachwort, das den Titel trägt „Schicksal eines Manuskripts", und widme ihn der Leserin, die den Text vor der Zerstörung gerettet hat wie Max Brod die Texte von Kafka. Dann klettert das Buch auf der Bestsellerliste der Zeitschrift mit dem roten Rand nach oben, und alle sind glücklich und zufrieden.

Aber ich sagte ja, dass etwas *wirklich* Sonderbares passierte: Ich war sicher, dass ich die Kladde in die erste Mülltonne von rechts geworfen hatte, und zwar mit der Vorderseite nach unten wegen des Namens. Dennoch hob ich den Deckel der Tonne daneben. Darin lag die Kladde mit der Vorderseite nach oben. Es kränkte mich furchtbar. Offenbar hatte sie jemand herausgefischt, darin geblättert und kurzerhand wieder zum Müll geworfen. Es war die schlimmste Rezension meines Schriftstellerlebens. Hätte ich zu diesem Zeitpunkt wegen der Mentholzigaretten von Carmen nicht bereits mit dem Aufhören aufgehört, dann hätte ich nach diesem Schock wieder mit dem Anfangen angefangen:

---- ~

Mit Carmen war ich glücklich, mit Melanie blieb ich befreundet. Glück ist das Empfinden von Unterschieden. Das hat ein Mann gesagt, der viele unglückliche Menschen auf der Couch liegen hatte. Freud meint: Wenn man in einer kalten Winternacht in einem ungeheizten Schlafzimmer die Füße unter der Decke hervorstreckt und sie nach zehn Minuten wieder einzieht – was man dann empfindet ist Glück. Das Anstecken einer Zigarette ist wie das Einziehen der Füße. Und das Ausdrücken der Zigarette ist wie das Herausstrecken. Wir greifen nach der Zigarette, um das Nachlassen der Wirkung des Nikotins der Zigarette von vorhin zu kompensieren. Mit der Zigarette in der Hand lindern wir den Mangel, den wir uns mit der Zigarette in der Hand anerzogen haben. Wir brauchen das Nikotin, weil wir rauchen. Wir rauchen, weil wir das Nikotin brauchen. Wir rauchen, weil wir rauchen.

Wir können nicht davon ablassen, die Füße unter der Bettdecke hervorzustrecken, um sie mit einem wohligen Gefühl wieder einzuziehen. Das Geheimnis der Sucht ist nicht das Verlangen nach Lust, sondern der Flirt mit dem Schmerz. Wir lieben das Rauchen, *weil* es wehtut, nicht dennoch, und wir lieben es, weil wir uns nur nach dem Rauchen so wohl fühlen, als würden wir nicht rauchen.

Freud war nikotinsüchtig. Er konnte auf die Zigarre nicht verzichten. Er starb, von den Nazis nach dem >Anschluss< Österreichs aus Wien vertrieben, im Londoner Exil an Kehlkopfkrebs. Er war betagt und lebenssatt und hatte einen verständnisvollen Arzt, der ihm beim Sterben half. „Fünfzig Jahre“, so hatte Freud geschrieben,

„haben die Zigarren mir als Schutz und Waffe im Kampf des Lebens gedient." Was eine Zigarette in der Hand eines Komantschen bedeutet, ist klar. Aber was bedeutet eine Zigarre im Mund von Sigmund Freud? Die Frage ist ihm gestellt worden, und er hat darauf geantwortet: „Manchmal ist eine Zigarre wirklich nur eine Zigarre."

Eine Zigarette ist immer eine Zigarette. Wir strecken die Füße unter der Decke hervor und ziehen sie ein. Wir lieben den Teer in unserer Lunge, und wer das abstreitet, lügt oder macht sich etwas vor. Zufrieden ekeln wir uns vor dem eigenen Gestank, ergeben husten wir uns morgens in einen langen Zigarettentag. Und wenn wir zwischen Sex und Zigaretten wählen müssten, würden wir die Zigaretten nehmen wie der gealterte Luis Buñuel.

Melanie würde das abstreiten, Paula würde es zugeben, Paul die Frage nicht verstehen. Carmen wäre es egal. Sie geht ihren Kindern zuliebe auf den Balkon. Anne sagt philosophisch: „Sucht sucht", und Kreta fügt sarkastisch hinzu, „besonders nach Mitternacht, wenn es draußen regnet und keine mehr in der Schachtel ist." Anne nimmt ihr das nicht übel, sie weiß, dass Kreta es nicht so meint. Ich weiß, dass Kreta es doch so meint. Aber Hauptsache, die beiden verstehen sich.

Kurz bevor Kreta und ich heirateten, erklärte uns Anne: „Das Leben ist ein großer Garten mit vielen verschiedenen Pflanzen und Kräutern und Bäumen, mit Wegen, die im Kreis, und mit Wegen, die nirgendwohin führen, mit Wiesen und verwunschenen Ecken und Bächen und Teichen." Kreta sagte: „Die wichtigste Pflanze in deinem Lebensgarten ist der Tabak." Anne ging darüber hinweg: „In der Mitte des Gartens steht ein Hügel, der eine sonnige und eine schattige Seite hat. Die sonnige Seite heißt Yang ..."

Kreta fiel ihr ins Wort: „... und Yin die schattige, stimmt's?"

„Genau!" sagte Anne. „Woher weißt du das?"

---- ~

Am Anfang meiner Affäre mit Anne hielt ich sie zwar nicht direkt für dumm, aber auch nicht für der Intelligentesten eine. Männliche Menschen machen solche Fehler häufig, wenn sie es mit weiblichen Menschen zu tun bekommen, die den verschiedenen Vorstellungen von der „ganzen Frau mitsamt ihrem Charakter und ihrer Intelligenz", wie Zeno Cosini sagen würde, in so vielfältiger Weise widersprechen wie Anne. Der Skala der Klischees kann sich kein Mann entziehen, auch wenn Sie das vielleicht ungern hören, verehrter Leser. Am einen Ende steht die Femme fatale, am anderen die Übermutter. Exakt in der Mitte zwischen diesen beiden allmächtigen Weibsbildern liegt das Inbild des ohnmächtigen Hausmütterchens. Das Hausmütterchen, wohlgemerkt: die männliche Vorstellung des Hausmütterchens, ist der Ruhepunkt unserer Gefühlsschaukel. Von diesem Ruhepunkt aus wächst nach einer Seite das Matriarchalische und nach der anderen das Sexuelle. Mit unseren Gefühlen geht es auf und ab, je nachdem, wie gerade die Gewichte verteilt sind. Um irreführenden Assoziationen zuvorzukommen: Die Matriarchin tritt keineswegs immer dick und großbusig auf, und die Femme fatale gibt sich nur in seltenen Fällen als Vamp mit Zigarettenspitze. Die äußere Erscheinung spielt überhaupt keine wesentliche Rolle, denn es handelt sich nicht um Gestalten der Wirklichkeit, sondern um solche auf der Seelenbühne des männlichen Geschlechts. Um dieses Theater kümmert sich ein innerer Regisseur, der zwar nicht das innere Kind, aber mitunter doch ein rechter Kindskopf ist. Er übernimmt auch das Casting und weist den Frauengestalten, die dem Kerl, in den er eingesperrt ist, in der äußeren Wirklichkeit über den Weg laufen, auf der inneren Bühne ihre Rollen zu. Diese Rollen werden nicht ein für allemal vergeben, vielmehr kommt es häufig zu Wechseln. Manche Männer träumen von der emotionalen Multifunktionsfrau, die gleichzeitig aufreizende Geliebte, repräsentable Gattin, Mutter ihrer Kinder und Ersatzmutter für sie selbst ist. Vermutlich hat Philine die „ganze Frau" Zeno Cosinis in diese Richtung interpretiert und sich deshalb so kaputtgelacht – was für mich immerhin den Vorteil mit sich brachte, dass ihr ein Stück Asche in den zauberhaften Schoß fiel.

Weil wir Männer unentwegt damit beschäftigt sind, den Frauen-Imagos auf unserer Gefühlsschaukel die Frauenmenschen der Wirklichkeit zuzuordnen, halten wir Frauen, die viele dieser Imagos gleichzeitig ansprechen, für sprunghaft, mit sich selbst nicht im Reinen, wenig reflektiert oder gar für dumm. Eine solche Frau war für mich Anne.

Als ich sie zum erstenmal im Atelier besuchte, schneite es große dicke Flocken. Wenn man durch das vorhanglose Fenster im Erdgeschoss hinausblickte, wirkten die

Leute auf der Straße wie Figuren in einer riesigen Schneekugel, die ein kindischer Gott gerade geschüttelt hat. Ich stand im Mantel in Annes Atelier und spürte den Schnee auf meinem Kopf schmelzen. Sie stapfte gestiefelt wie ein General um den Webstuhl, rauchte freihändig die Zigarette in ihrem Mundwinkel und lockerte die Krawatte, die sie zu einem weißen Männerhemd trug. Sie vibrierte vor Energie. Der Schnee auf meinem Kopf schmolz weiter, kleine Rinnsale liefen mir in die Brauen. Sie nahm die Zigarette aus dem Mund, ich glaube, es war tatsächlich eine *Overstolz* (10mg, 0,8mg, 10mg), und setzte mir die Funktionsweise des Webstuhls auseinander. Sie sprach von Schuss und Kette, um mir dann zu erklären, dass ihr Webstuhl ein Hochwebstuhl sei und eben nicht nach dem Prinzip Schuss – Kette funktionierte, in dem Fäden rechtwinklig zu geometrischen Mustern verbunden werden, sondern auf der Grundlage kleiner Fadenbündel, aus denen Quadratzentimeter für Quadratzentimeter Szenen und Figuren entstehen. Sie konnte damals noch nicht von ihren Decken leben, für die sie später bekannt und mit Preisen ausgezeichnet wurde. Um ihre Webkunst zu finanzieren, fertigte sie mit einer Strickmaschine Maßpullover für Kunden aus dem Bekanntenkreis, außerdem fingerlose Handschuhe und Schals für Boutiquen.

Ich stand in einer peinlichen kleinen Pfütze, in die sich der Schnee an meinen Winterschuhen verwandelt hatte, und Anne umkreiste ihren Hochwebstuhl, ihr Standkino, wie sie sagte, weil sie die Szenenausschnitte, die sie aus den Fadenbündeln hervorzauberte, bei der

Arbeit wie eine Leinwand vor sich hatte. Sie brachte ihre handwerklichen Erläuterungen zu Ende und ging zur ästhetischen Seite ihrer Kunst über. Anne sah mich bei ihren Ausführungen immer wieder an, hatte mich aber trotzdem vollkommen vergessen. Es stand eben jemand zufällig in ihrem Atelier, wie jemand zufällig auf der Straße herumsteht.

Anne hat ungefähr so viele Jahre mehr als ich, wie Philine weniger zählte. Also hielt ich Anne in einer spätjugendlichen Mischung aus Interesse und Mitleid für eine ältere Frau, obwohl ich nie auf den Gedanken gekommen wäre, Philine hätte mich für einen älteren Mann halten können.

Annes Vortrag ging vom Weben zum Stricken über. Ich hörte zu, wie sie über das Verhältnis der textilen Form zur menschlichen Gestalt sprach und darüber, welche Rolle die Farbe in diesem Verhältnis spielt. Mir war unbehaglich zumute, am liebsten wäre ich wieder gegangen. Aber ich blieb in meiner Pfütze stehen und rührte mich nicht. Sie legte die Zigarette in einen Unterteller und zündete nach einer weiteren Runde um den Webstuhl eine neue an, während die andere zu einem Röllchen aus Asche verglomm. Gern hätte ich ebenfalls eine geraucht, aber ich hatte keine mehr und wollte Anne nicht beschnorren, kaum war ich hereingeschneit. Sie hatte mich noch nicht einmal aufgefordert >abzulegen<, wie ich es von einer älteren Frau erwartet hätte. Mein Wintermantel brachte mich gehörig ins Schwitzen, und die Tropfen, die mir jetzt in die Brauen rannen, kamen nicht vom Schnee im Haar, sondern vom Schweiß auf der Stirn. Endlich unterbrach Anne ihre Wanderung um den Webstuhl, legte die Zigarette neben das Ascheröllchen in der Untertasse, deutete auf mich und sagte:

„Blau! Das wäre mein Vorschlag. Flecken in hellen und dunklen Tönen und als Patchwork vernäht. Zieh den Mantel aus, wir nehmen Maß."

Ich zog den Mantel aus und trat verlegen in meiner Pfütze auf der Stelle. „Im Flur stehen Filzpantoffeln, da kannste reinschlüpfen. Mit den Schuhen!"

Die großen Museumspantoffeln an den Füßen, drehte ich mich auf dem gewienerten Parkett um mich selbst und ließ mich von Anne vermessen. Ich war immer noch verlegen, aber ich spürte schon, wie sehr es mir gefiel, von ihr angefasst zu werden. Sie zupfte an mir herum, ermittelte Armlänge, Schulter- und Taillenumfang. Sie legte mir das Maßband um den Hals, und ihre Finger rochen nach Rauch.

---- ~

Unsere Affäre begann, als der Pullover fertig war. Ich saß in ihrem Atelier auf dem Boden, den Rücken an den Webstuhl gelehnt, und rauchte schluchzend erst meine und dann ihre Schachtel leer. Zwischendurch erzählte ich von meinem Herzeleid mit Philine, die ihre Substruktur überraschend umorganisiert und mich dabei ohne mit der Wimper zu zucken unberücksichtigt gelassen hatte. Anne hörte mir nicht zu, was in solchen Fällen immer das Vernünftigste ist, ließ jedoch hin und wieder ein „Hm" vernehmen oder hob den Kopf, den sie über meinen Pullover gebeugt hielt. Sie nähte gerade die Ärmel an. Als sie damit fertig war, reichte sie mir beide

Hände und zog mich in den Stand. Ich musste den Pullover anprobieren, und Anne führte mich vor den großen Spiegel im Flur:

„Lächeln."

Im Spiegel sah ich die Tränen in meinen Augen und schämte mich ein wenig. Gehorsam hob ich die Mundwinkel nach oben und fletschte die Zähne.

„Ich meinte: Lächeln."

Sie stellte sich neben mich vor den Spiegel und deutete hinein:

„Blau! Ich hab's gleich gesagt. Das ist nun mal deine Farbe."

Es stand mir wirklich gut. Und obwohl mir nicht nur aus Liebeskummer, sondern auch wegen der vielen Zigaretten, die ich deshalb geraucht hatte, ganz schlecht war, schaute ich Anne im Spiegel in die Augen und lächelte.

„Zieh ihn aus wie eine Frau, versprich mir das. Wenn du ihn ausziehst wie ein Mann, leierst du den Rücken aus."

Dann pflückte mich Anne. Es ging alles wie von allein, und es war schön. In den wenigen Wochen, die ich ihr Liebhaber war, kam ich immer im blauen Pullover zu Besuch, und nie vergaß ich, ihn auszuziehen wie eine Frau, obwohl ich ihn zu Hause gedankenlos auszog wie ein Mann. Nach ein paar Wochen hörten wir auf, miteinander zu schlafen, und wurden Freunde. Anne war meine Zeugin, als Kreta und ich auf dem Standesamt die Heiratsurkunde unterschrieben und einander die Ringe ansteckten. Den Pullover habe ich immer noch. Es ist mein einziger. Ich fühle mich in Pullovern nur bei Anne wohl. Außerdem sind sie für Raucher unpraktisch, besonders wenn man sie mit der Hand waschen muss. Am liebsten laufe ich immer noch in Jeans und Jackett herum wie in meiner Studentenzeit. Dabei hatte Philine damals zu mir gesagt, ich sei ein Pullovertyp. Ich ließ mir die Kränkung nicht anmerken und machte nach dem Versprechen, mit dem Rauchen aufzuhören, einen weiteren taktischen Schritt in meinem Geheimplan, sie zu heiraten. Dieser Schritt bestand darin, mir einen besonders schönen Pullover zuzulegen. Aber Philines eigene Pläne änderten sich zu schnell, um meinen eine Chance zu lassen. Sie hat nie von meinen Heiratsträumen erfahren. Wir verloren uns aus den Augen, ohne dass sich eine Gelegenheit ergab, unsere Romanze einer gemeinsamen Rezension zu unterziehen.

Philine war in meinem Leben der Schmetterling, dessen Flügelschlag am einen Ende der Welt den Sturm am anderen auslöst. Ihre Behauptung, ich sei ein Pullovertyp, führte mich in die Arme von Anne, von deren Atelier ich in einer Kleinanzeige erfahren hatte. Und Anne riet mir zu Kreta, als ich beschloss, nach dem Examen auf eine griechische Insel zu reisen, um dort mit dem Schreiben eines Romans anzufangen und mit dem Rauchen aufzuhören.

# Die drei Missionen des Jean Nicot

Auf Kreta vibriert in der Dämmerung die Luft vom Zirpen der Zikaden. Ich liebte die Zeit der Unentschiedenheit zwischen Tag und Nacht, als Abertausende von unsichtbaren Insekten die Platten ihrer Chitinpanzer aneinander rieben und die Ewigkeit zum Schwingen brachten. So war es schon immer gewesen, und so würde es immer sein. Ich fand diesen Gedanken tröstlich. Er passte so gut zu dem einsamen Haus auf dem Hügel und zu dem Blick über die Hänge mit den Olivenbäumen, zwischen denen mit Steinen beschwert die Netze lagen, um die Früchte aufzunehmen, die zur Erntezeit mit hölzernen Stangen von den Ästen geschlagen werden. Wenn die blaue Raserei des Himmels und die Hitze sich besänftigten und das Abendlicht die rote Erde erglühen ließ, saß ich auf der Terrasse, hörte dem Jubel der Zikaden zu, freute mich auf die nächtliche Kühle, auf Stille und Sterne. Jeden Abend wartete ich auf einen struppigen Hund, der kurz vor Einbruch der Nacht die schmale Straße entlangschnürte. „Chuquel sos pirela, cocal terela", sagt Carmen, die literarische Carmen, in ihrem Zigeunerisch à la Mérimée: „Ein Hund, der herumläuft, findet einen Knochen." Sobald er vorbei war, ging ich ins Haus und holte den Rotwein, den ich mir im Dorfgasthaus vom Fass in Plastikflaschen füllen ließ. Ich aß Käse, Oliven und Brot mit den Fingern, trank in kleinen Schlucken den kretischen Wein und rauchte billige griechische Zigaretten. Halbe Nächte saß ich auf der Terrasse, lauschte auf das Meer hinter dem nachlassenden Lärm der Zikaden und hörte manchmal in der Ferne das Bellen des verwilderten Hundes, der sich nachts in der Schlucht herumtrieb, über der am Tag die Lämmergeier kreisten.

Ich hatte beschlossen, vorerst doch nicht mit dem Rauchen aufzuhören und auch keinen neuen Roman anzufangen. Kein Ziel, kein Streben, kein Wille, kein Weg. Nur die Ewigkeit und ich, der nachtschwarze Wein im Wasserglas, das Aufglühen der Zigarette im Dunkeln ---- ~ ach, es war sehr romantisch ---- ~ bevor es langweilig wurde.

Tagsüber fuhr ich mit dem Fiat Panda auf der Insel spazieren, verkroch mich, wenn die Mittagshitze panisch wurde, in Felsgrotten, aus denen ich über das türkisfarbene Wasser abgelegener Buchten blinzelte. Abends kaufte ich Käse, Wein und Zigaretten. Nachts erfühlte ich eine Woche lang die Ewigkeit, danach beschäftigten mich überschaubare Zeiträume: Ich machte mir Gedanken, was ich mit meinem Leben anfangen könnte. Die Studienzeit war abgeschlossen, das Examen bestanden, und ich sah ein, dass ich definitiv zu alt war, um dem Indianerleben der Wirklichkeit länger auszuweichen, zumal ich es immer noch nicht fertig gebracht hatte, ihr einen Roman entgegenzusetzen und mit dessen fiktiver Welt so viel Geld zu verdienen, dass ich in der wirklichen damit über die Runden kommen konnte. Kurzum: Ich musste mich um meinen Lebensunterhalt kümmern; ich musste entscheiden, ob ich das Volontariat im Feuilleton einer Zeitung annehmen sollte, das mir durch die Vermittlung von Carmen angeboten worden war, genau genommen durch die Vermittlung ihres künftigen Mannes, der einen älteren Bruder hatte, dessen Frau – Beziehungen können sehr kompliziert sein.

Carmen wusste nichts von meiner philinischen Eskapade. Wir hatten uns schon getrennt, als ich in einem Bett, in dem eigentlich gar kein Platz für mich war, den *Zeno Cosini* vorzulesen begann, und Carmen wurde bereits von dem Mann umworben, den sie später heiraten sollte und mit dem sie noch immer zusammen ist. Die beiden sind ein ausdauernd glückliches Paar, von einer Klugheit und Geduld, die Kreta und mir gefehlt haben, als ich mich erst in Paula verliebte und mich dann wieder von ihr löste. Carmen drängte mich dem Examen entgegen, das ich ohne sie noch später, oder – wer weiß – vielleicht überhaupt nicht abgelegt hätte.

Mit Carmen ging es mir ein wenig wie mit Anne: Ich mochte sie sehr, verstand sie aber überhaupt nicht. Anne fand ich in meiner akademischen Überheblichkeit etwas spinös, bis zu dem Tag, an dem ihr Künstlertum wunderbar klar und handwerklich vollendet zum Vorschein kam. Danach wurde sie für ihre Webereien rasch bekannt, Galerien und Museen begannen, ihre Arbeiten anzukaufen.

Carmen wiederum hielt ich für durch und durch solide, so solide, wie kleine Jungs sich ihre Mamas wünschen, und gleichzeitig verniedlichte ich sie und machte den unverzeihlichen Fehler, ihre Sanftmut manchmal für Schwäche zu halten, anstatt die Stärke zu erkennen, aus der sie gespeist wurde.

In der zehnten Terrassennacht entschied ich mich für das Volontariat, und vor lauter Entschlussfreude hörte ich auch gleich mit dem Rauchen auf. Ich zerkrümelte eine halb volle Packung, riss mir die Letzte von den Lippen und ertränkte sie in dem Rest Wein, der noch in meinem Glas war. Dieser Übermut. Am nächsten Tag hatten aus irgendeinem Grund die Läden im Dorf geschlossen. Sogar die Tankstelle war zu. Und mein Panda hatte nur noch ganz wenig Sprit. Und ich hätte so gern eine geraucht. Den ganzen Vormittag überlegte ich, ob ich riskieren sollte, auf gut Glück loszufahren in der Hoffnung, es bis ins nächste Dorf zu schaffen und im nächsten Dorf nicht nur Zigaretten, sondern auch eine Tankstelle zu finden. Um die Mittagszeit schnürte auf einmal der Hund mit hängender Zunge die Straße entlang. Es war das erste und einzige Mal, dass ich ihn am helllichten Tag zu Gesicht bekam. Ich verfluchte die trügerische Euphorie, mit der ich in der Nacht die Zigaretten zerstört hatte. Am Abend dieses Tages gingen mir die Zikaden und die Ewigkeit schrecklich auf die Nerven. Ich lief zu Fuß hinunter ins Dorf, und als ich von weitem rauchende Menschen auf den Bänken rund um den Platz sitzen sah, fühlte ich mich mit allem versöhnt. Auch das Gasthaus und die Tankstelle hatten wieder geöffnet. Ich kaufte irgendein griechisches Kraut, das mir im Hals kratzte, und nachdem ich bei einem Viertel Roten drei davon geraucht hatte ---- ~ war ich entspannt genug, um die Selbstverachtung zu genießen, die sich wohlig in mir ausbreitete. Was immer man gegen die Selbstverachtung sagen mag, wenigstens stellt sie keine Ansprüche. Meine Entscheidung für das Volontariat aber stand wie ein Fels. Ich erwog sogar, den Urlaub um eine Woche zu verkürzen, um den Schwung des Willens zum Neubeginn nicht der Gefährdung durch zirpende Ewigkeiten preiszugeben.

Am nächsten Morgen betankte ich den Wagen, mit dem Restbenzin war ich gerade bis hinunter zum Dorfplatz gekommen, und machte mich auf eine meiner Rundfahrten. Über der Schlucht kreisten die Lämmergeier, der Himmel war blau wie das Meer, die Luft zitterte in der Hitze. Vorsichtig steuerte ich den Panda die schmale Straße empor, über die man eine Hochebene erreichen konnte, ohne riesige Schleifen zu fahren. Die Straße war eher ein Weg, steil und nicht asphaltiert. Der Panda quälte sich, und ich quälte mich auch, denn es ist kein Vergnügen, durch eine menschenleere Gegend zu fahren und damit zu rechnen, jeden Augenblick mit einem im zweiten Gang heißgefahrenen Motor auf der Strecke zu bleiben. Dann stand plötzlich der Esel auf der Straße. Vollkommen reglos. Ich blickte bergauf in die Sonne, der Esel wirkte wie ein Scherenschnitt. Ich hupte, während ich auf ihn zufuhr, hupte noch einmal, hielt schließlich an und würgte den Motor ab. Der Esel, genau genommen war es ein Maulesel, wie ich jetzt erkennen konnte, drehte nicht einmal den Kopf. Das Einzige, was sich nun an ihm rührte, waren die Ohren. Ich ging langsam auf das Tier zu und sprach beruhigend auf es ein, wobei die Beruhigung wohl eher mir selber galt. Wilde Maultiere schlagen womöglich aus, wenn man ihnen zu nahe kommt. Sicherheitshalber hielt ich zwei Meter Abstand und rief >schsch!<, >schsch!<. Aber damit setzt man auf Kreta nicht einmal eine Katze in Bewegung. Zum Erschrecken ist es einfach zu heiß. Der Maulesel stand weiter einfach da, während ich mit den Armen fuchtelte und >schsch!< machte. Plötzlich hörte ich ein schepperndes Geräusch, und gleich darauf kam ein Auto um die Kurve und klapperte den Berg herab auf den Maulesel zu. Es war ebenfalls ein Panda. Ich konnte im Gegenlicht nicht erkennen, wer in dem Auto saß, aber jedenfalls war es jemand, der gar nicht erst versuchte, das Tier mit der Hupe zu verscheuchen. Der Panda fuhr bis auf ein paar Schritte zu dem Tier heran und blieb stehen. Quietschend öffnete sich die Tür, und es stieg die schönste Frau heraus, die ich je in meinem Leben gesehen hatte. Das finden die geliebte Leserin und der verehrte Leser, die ja schon wissen, dass Kreta aus dem zweiten Panda stieg, womöglich übertrieben. Und bevor ich mir sagen lassen muss: Liebe macht blind, verzichte ich auf die Beschreibung Kretas und komme gleich zum Dialog:

„Der steht öfter hier, scheint seine Lieblingsstelle zu sein“, sagte sie, schob die Sonnenbrille ins Haar und schaute mir in die Augen. Mein Herz machte einen Sprung, als ich den bernsteinfarbenen Einschluss in ihrem rechten Auge sah, meine Seele ergrünte unter ihrem Blick, mein Mund fragte:

„Ach, du kennst ihn?“

„Kennen ist übertrieben; ich weiß, wo er hingehört.“

„Und was machen wir jetzt?“

„Schieben.“

„Du meinst, das funktioniert? Er ist doch kein Auto.“

Sie begann, an dem Maulesel herumzuschubsen, und nachdem sie mir versichert hatte, dass er nicht beiße, oder jedenfalls ›nicht dass sie wüsste‹, schob ich vorsichtig mit. Und tatsächlich machte das Tier einen Schritt, blieb noch einmal stehen und trottete dann von der Straße, stieg einen Pfad empor und verschwand hinter einem Felsen. Wir zündeten Zigaretten an und bliesen lachend den Rauch über unsere nach Fell stinkenden Finger. Wie gut, dass ich nicht aufgehört hatte.

---- ~

Nachdem der Maulesel zwischen uns aus dem Weg geschafft war, fanden wir schnell heraus, dass wir nicht weit voneinander wohnten, und zwar nicht nur auf Kreta. Wir lebten in der gleichen Stadt, noch dazu in einer vergleichbaren Situation. Wir waren beide auf die Insel geflogen, um in einsamer Entscheidung die Weichen für unser künftiges Leben zu stellen. Für sie ging es darum, ob sie in die Schule gehen sollte, um ihr Referendariat zu leisten.

„Wenn ich Referendariat mache“, sagte sie abends beim Wein in dem Gasthaus am Dorfplatz, „dann werde ich Lehrerin, und wenn ich mich dafür entscheide, dann bleibe ich auch dabei, das weiß ich.“

Sie blies nachdenklich auf das glühende Ende ihrer letzten *Roth-Händle* für diesen Tag. „Aber ich bin nicht sicher, ob ich gut genug dafür bin.“

Sie ist zwei Jahre jünger als ich, aber da Mädchen den Jungs und Frauen den Männern in der Entwicklung stets ein wenig vorauseilen, wirkte sie wie die Reifere. Sie war sich vollkommen darüber klar, dass es im Leben Entscheidungen gibt, die nicht so einfach abgeändert werden können wie die Entscheidung, nicht mehr zu rauchen. Oder die Entscheidung, den Urlaub zu verkürzen, wie ich es erwogen hatte. Ich verlängerte den Urlaub um die Zeit, die ihr noch blieb. Jeden Abend wartete ich, bis sie mit dem Panda den Hügel hochgeklappert kam. Dann stellte ich auf der Terrasse Gläser bereit und holte den Wein. Wir aßen mit den Fingern Brot, Käse und Oliven, sahen in die Dämmerung, hörten den Zikaden zu, rauchten. Einmal versuchte sie gegen meinen Willen, den Hund zu locken, aber zum Glück strebte er wie am Faden gezogen zur Schlucht.

In unseren Terrassennächten erzählte ich ihr, dass ich vor ein paar Monaten Examen gemacht und mich vor ein paar Tagen zu einem Volontariat entschlossen hatte. Meine Schriftstellerei ließ ich unerwähnt, ich wollte sie nicht verschrecken. Melanie und Carmen, Philine und Anne – sie alle wussten von meiner literarischen Arbeit, aber in den kretischen Nächten sagte mir eine innere Stimme, dass Romane nicht die Art Stiere sind, über die in Kretas Augen ein Mann im Leben springen muss. Ich nehme an, in diesem Punkt ist ihr die geliebte Leserin ähnlich, die sich zwar gern mit Romanen vergnügt, aber nicht im Traum daran denkt, sie mit der Wirklichkeit zu verwechseln. „Beschriebenes Papier“, sagt der arme Cosini, „nehmen die Frauen niemals sehr ernst.“ Trotz aller

Liebe zur Literatur betrachten viele Frauen die Autoren als etwas halbseidene Unterart des männlichen Geschlechts. Wer einmal lügt, dem glaubt man nicht. Wie soll sich eine Frau auf die Schwüre eines Mannes verlassen, der nichts anderes kann, als erfundene Geschichten zu erzählen. Nur Schriftsteller und kleine Jungs mit verbranntem Gaumen ziehen die Fiktion der Wirklichkeit vor. Vernünftige Menschen wählen immer das Leben, wenn es darauf ankommt. Der verehrte Leser muss sich nicht grämen, dass viele Frauen die Worte lieben – es kommt stets der Punkt, an dem ihnen Taten noch viel lieber sind.

---- ~

Es stimmt übrigens nicht, dass Männer immer nur an das eine denken. Sie tun nur so, weil sie Angst haben, sonst könnte in Frage stehen, was die Lexika und Luis Buñuel Virilität nennen. Richtig ist allerdings, dass Männer immer nur eines können. Lediglich Caesar und Napoleon waren in der Lage, mehrere Dinge gleichzeitig zu tun, während das für jede Frau eine Selbstverständlichkeit ist. Wie oft lag Kreta an unseren ehelichen Abenden, von denen wir in den Zikadennächten noch nichts ahnen konnten, mir gegenüber auf dem Sofa, rauchte die drei letzten Zigaretten des Tages, nippte an ihrem Glas Wein, hörte Musik, kitzelte mich mit den Zehen und las eine neue Passage meines unvollendeten Romans über *Die drei Missionen des Jean Nicot.* Ich kann entweder lesen oder Musik hören oder Kreta mit den Zehen kitzeln. Nur trinken und rauchen, das kriege ich gleichzeitig hin. Während Kreta Musik hörte, rauchte, Wein trank, mich mit den Zehen kitzelte und im *Jean Nicot* las, hatte ich am anderen Ende des Sofas ihre Füße im Schoss, ein Glas Wein in der Hand und eine Zigarette im Aschenbecher. Ich beobachtete sie beim Lesen, nicht die kleinste Regung ihres Gesichts entging mir. Wenn sie lächelte, lächelte ich, wenn sie die Brauen hochzog, zog ich die Brauen hoch, und wenn sie gähnte, stürzte ich in den Abgrund der Verzweiflung und steckte zwei hintereinander an, obwohl Kreta das nicht ausstehen konnte.

---- ~

---- ~

Es gibt kaum etwas, das für Autoren dermaßen faszinierend ist wie das Beobachten eines Menschen, der einen ihrer Texte liest, vor allem, wenn dieser Mensch nichts von der Anwesenheit des Verfassers weiß. Während meiner Journalistenjahre hatte ich bei U-Bahn-Fahrten mit Kolleginnen und Kollegen hin und wieder Gelegenheit, die Aufgeregtheit professioneller Schreiber beim Anblick normaler Leser zu studieren. Diese Aufgeregtheit erfasste selbst abgebrühte Profis, denen es völlig schnuppe war, wie die zuständigen Redakteure ihre Texte fanden. Ich hielt es für einen großen Spaß, etwa der Autorin einer Reportage ins Gesicht zu sehen, die ihrerseits einem Leser ihrer Reportage ins Gesicht sah. Eines Tages wurde ich selbst mit dieser Erfahrung beschenkt: Es ist viel mehr als ein Spaß, es ist wie … wie … es ist einfach himmlisch:

Ich stehe im Mittelgang der U-Bahn, halte mich an der Schlaufe fest und blicke auf eine nett aussehende Mittdreißigerin, die energisch die Zeitung durchblättert, für die ich arbeite. Ich erkenne sofort, dass sie gleich zu der

Seite mit meinem Artikel kommt. Wird sie weiterblättern, wird sie innehalten, wird sie anfangen zu lesen? Wie lange wird sie lesen, wenn sie erst einmal angefangen hat? Sie hält inne, macht eine Bewegung mit den Lippen, die ich nicht zu deuten weiß, und während sie zu lesen beginnt, fängt mein Herz an zu klopfen, sie lässt ihre Augen die Zeilen entlang- und die Spalte hinabgleiten, lies weiter, lies weiter, sie springt nach oben in die nächste Spalte, flitzt über die Zeilen erneut nach unten, jetzt kommt gleich eine schwierige Stelle, an der ich – ah, sie hat die Stelle gemeistert, wieder mit einer merkwürdigen Lippenbewegung, aber sie ist nicht ausgestiegen, ja, gut, gut machst du das, weiterlesen, lies bitte weiter – da hebt sie plötzlich den Kopf und schaut mir direkt in die Augen. Sie hat genug von dem Typ an der Schlaufe, der sie unentwegt anstarrt. Ich senke beschämt den Kopf und warte auf das Rascheln des Zeitungspapiers. Es knistert nur ein wenig, es raschelt nicht, sie schlägt die Seite nicht um, sie liest den Artikel zu Ende. Ich bin glücklich. Am liebsten würde ich sofort die dümmste aller Männerfragen stellen: Wie war ich? Ich kann den Hanswurst, der in meinem Hirn herumhopst, gerade noch zügeln. Das habe ich geschrieben, toller Text, stimmt's? Und sie glaubt, ich wäre einer dieser blöden Kerle, die in der U-Bahn Frauen anstarren! Was gäbe ich darum zu wissen, was sie jetzt über mich denkt, das heißt: nicht über mich, das habe ich in ihren Augen gesehen, sondern über den Text.

Noch aufregender ist die Sache, wenn es sich nicht um einen Zeitungsartikel, sondern um ein Buch handelt, etwa um dasjenige, das Sie, **geliebte Leserin, verehrter Leser**, gerade in Händen halten. Sie sitzen mir zum Beispiel im Zug gegenüber, und zwar im ersten Nichtraucherabteil nach dem Raucherwaggon, da ist die Luft angenehmer, und der Weg ins Nirwana trotzdem nicht weit. Sie sind gerade zurückgekommen und stinken noch ein wenig, auch aus dem Mund – ich sage ja gar nichts, ich schreibe doch nur. Sie haben es sich bequem gemacht und das Buch aus der Tasche gezogen, das Sie jetzt lesen. Ich erkannte es sofort am Umschlag und bin gespannt, wie Sie den Roman finden und wie lange es dauert, bis Sie wieder aufstehen und ins Nirwana rübergehen. *Bitte rauchen Sie nur, wenn das Signal erscheint.* Aber es sieht ganz danach aus, als würden Sie die Spielregeln einhalten. Keine Zigarette in Sicht. *Bitte blättern Sie nicht vor.* Sie seufzen so appetitanregend, dass ich glatt selbst aufstehen könnte, um eine zu rauchen, wenn ich nicht neugierig wäre, wie es weitergeht, ob Sie amüsiert sind, oder langsam genervt von dem ganzen Gerede, wie rasch Sie lesen, wie Sie umblättern – das Umblättern ist eine Kunst für sich, aber ich bitte Sie: Lecken Sie nicht an den Fingern, dann ist es mir lieber, Sie gehen eine rauchen. *Rauchen Sie nur, wenn das Signal erscheint.* Mal sehen, ob Sie introvertiert oder extrovertiert lesen, bei den Extrovertierten sieht man gleich, ob es ihnen gefällt. Nichts ist so hinreißend wie ein lesendes Augenpaar, vom liebenden abgesehen. Den Büchern ist am Rücken anzusehen, ob sie gemocht werden, sie legen sich krumm. Das ist das größte Kompliment für einen Schriftsteller: Nicht der Literaturpreis, auch wenn er hilfreich sein kann, nicht die lobende Rezension, auch wenn sogar sie hilfreich sein kann, nicht der Stapel in der Buchhandlung gleich neben der Kasse, der immer hilfreich ist, sondern der schräggeblätterte Rücken eines Romans in der Hand der Leserin und des Lesers. Und jetzt gehe ICH rüber in den anderen Waggon.

*Bitte rauchen Sie nur, wenn das Signal erscheint.*

Der eigene Text unter den Augen eines fremden Menschen ist ein höchst erotischer Anblick, nicht zuletzt wegen des voyeuristischen Kitzels, den ich mit Kreta auf dem Sofa natürlich nicht hatte. Aber auch unter den eigenen Augen hat ein eigener Text, wenn er frisch erschienen ist, seinen Reiz. Zum erstenmal seinen Namen gedruckt zu sehen verschafft einen ungleich größeren Flash als die erste Zigarette. Allerdings geht es erfahrenen Schriftstellern wie erfahrenen Rauchern: Die Abstände zwischen den gedruckten Texten und den gerauchten Zigaretten müssen immer kürzer werden, um den Level der Erregung zu halten.

---- ~

Kreta legt eine weitere gelesene Seite meines Manuskripts neben dem Sofa auf den Boden, tastet mit der Hand nach ihrer letzten Zigarette für diesen Tag und fängt an zu gähnen. Wie eine Löwin kommt sie mir vor, wie eine schreckliche Löwin, die keine Lust hat, die Beute, die ihr zwischen die Tatzen gelegt wurde, zu verschlingen. Sie legt das Manuskript ganz zur Seite, streckt sich, berührt mit den Zehen rein zufällig eine Gegend in meinem Schoß, die mir und sogar meinem Testosteron jetzt herzlich gleichgültig ist. Denn wie immer, wenn

Kreta in meinem Roman liest, den sie gerade gähnend beiseite gelegt hat, denke ich nur an das eine:

Und? Wie war es?

Kreta gähnt noch einmal. Sie hat einen harten Schultag hinter sich, Doppelstunde Deutsch, Doppelstunde Mathe. Und dann noch Lehrerkonferenz. Kreta hasst Lehrerkonferenzen. Prompt fängt sie an, zu erzählen, dass es heute besonders schlimm gewesen sei, dass es wieder eine dieser ewigen Diskussionen über das Pausenhofrauchen gegeben habe, die seit Generationen geführt werden, und zwar seit Generationen vergeblich, und was der Geschichtslehrer für dummes Zeug dazu gesagt und was die Chemielehrerin für dummes Zeug darauf geantwortet habe und wie der Biolehrer –

„Kreeetaaa!"

„Was denn?"

„Wie findest du es, das neue erste Kapitel, den neuen Anfang?"

„Gut, ganz gut, wirklich ganz gut."

War das jetzt eine Zwei, eine Drei oder eine Vier? Eine Eins war es jedenfalls nicht. Es ist zum Verrücktwerden.

---- ~

## Die erste Mission des Jean Nicot

*Sie befinden sich in der Mitte des 16. Jahrhunderts. Damals gab es noch keine Zigaretten. Die Menschen haben dennoch gelebt und geliebt. Manchmal waren sie glücklich, manchmal haben sie sich gelangweilt. Manchmal haben sie sich gelangweilt, weil sie glücklich waren. Trotzdem kamen sie ohne Zigaretten aus. Wenn Sie diese historische Tatsache nicht akzeptieren können, gehen Sie auf den Balkon. Sie können sich auf Seite 85 zu Audrey Hepburn und Columbo stellen.*

*Kommen Sie erst zurück, wenn Sie bei der Balkonversammlung genug geraucht haben, um sich den Lebensbedingungen des 16. Jahrhunderts gewachsen zu fühlen.*

Jean Nicot schiebt den Finger unter die gefältelte weiße Halskrause und kratzt sich. Dann stützt er beide Hände auf den Holztisch und beugt den Kopf über eine ausgebreitete Weltkarte. Es ist Nacht, das Fenster ist verhängt, auf dem Tisch steht ein Leuchter. Die Kerze rußt ein wenig, aber Nicot ist zu erregt, um sich daran zu stören. Er hat sich von einem bestochenen Archivar in das Kartenzimmer einschließen lassen und entdeckt die Welt. Fast kommt er sich vor wie dieser verrückte Kolumbus, der vor sechseinhalb Jahrzehnten auf einen unbekannten Kontinent gestoßen war, aber bis an sein Lebensende unbeirrt daran festgehalten hatte, den Seeweg nach Indien gefunden zu haben. Das war erst sechs Jahre später Vasco da Gama gelungen. Der Seefahrer zählte damals 29 Jahre, genau so viele wie Nicot, der nun mit heißen Händen die Karten auf dem Tisch glatt streicht. Nicot hat viel über Vasco gehört, seit er sich am Hof von Lissabon aufhält. Er kratzt sich wieder unter der Halskrause und beugt sich erneut über die Karte. So blicken Götter auf die Erde, geht es ihm durch den Kopf, oder die Könige. In klaren Konturen liegen, eingebettet in riesige Meere, die Kontinente vor ihm ausgebreitet, im Inneren mit Fabeltieren und den Wappen der landnehmenden Herrscher geschmückt, an den Küsten beschriftet mit Versprechungen: Zimt und Pfeffer, Brasilholz, Indigo, Elfenbein, Gold, Diamanten und Sklaven. Nicot hat den Blick auf die Welt im Kerzenschein mit dem Gold bezahlt, das ihm König Franz von Frankreich für solche Zwecke mitgegeben hat, und er weiß, dass er buchstäblich seinen Hals riskiert. Von jeher versuchten die portugiesischen Fürsten ihr Wissen über die Meere geheim zu halten, und doch kam es immer wieder vor, dass ein Teil dieses Wissens die ›Tesoraria‹, in der die Karten und nautischen Verzeichnisse aufbewahrt wurden, verließ und an konkurrierende Höfe gelangte, vor allem nach Spanien, dem iberischen Rivalen. Hatte nicht der portugiesische Seeoffizier Fernão de Magalhães die Logbücher der Tesoraria studiert und dieses Wissen als hispanisierter Magellan dem König von Spanien angedient, um eine Westpassage zu den Gewürzinseln zu finden? Mit fünf Schiffen und 265 Mann war er im September 1519 ausgelaufen. Im September 1522, ein volles Jahr später als geplant, kehrte nur ein einziges Schiff mit achtzehn Mann ohne Magellan zurück. Und doch war es dem Portugiesen gelungen, für den spanischen König den Atlantischen mit dem Pazifischen Ozean zu verbinden.

Nicot weiß, wie gefährlich sein mit Gold erkaufter Blick über die portugiesischen Seewege ist. Der Archivar wird ihn nicht verraten, das würde ihn selbst den Kopf kosten. Aber was geschieht, wenn ein schlafloser Kartograf in der Nacht bei den Weltbildern Zuflucht sucht und Nicot in der verschlossenen Kammer überrascht? Nicot hat keine Zeit für Sorgen, er muss sich beeilen. Karte für Karte breitet er auf dem Tisch aus, vergleicht sie miteinander, prägt sich die Umrisse der Kontinente ein und studiert die Seewege, die Handelsbefestigungen an den Küsten, notiert Breiten- und Längengrade, nautische Hinweise, die Richtungen der Winde. Nicot hat Berichte gehört über die Angst der Seeleute, von niemals drehenden Winden immer weiter vom Heimathafen fortgeblasen zu werden, hinaus über den Rand der Welt und ohne Hoffnung auf Rückkehr. Er schreckt hoch, als er das Schleifen des Riegels an der Tür hört.

So lautete der neue Anfang meines historischen Romans über Jean Nicot, den Kreta mit >gut, ganz gut, wirklich ganz gut< bewertet hatte. Wir gehen direkt in die Szene und schauen dem Spion über die Schulter, bis das Scharren des Riegels uns aufschreckt. Oder sollte ich doch lieber mit einem Panorama beginnen:

Schon wenige Monate, nachdem ein Matrose im Mastkorb der *Santa Maria* des Kolumbus zum erstenmal „Land! Land!" gebrüllt hatte, zogen Spanien und Portugal eine Linie um die Welt. Sie lief über beide Pole und teilte den Globus in zwei Hälften. Die meridionale Grenze trennte die Kapverdischen Inseln von den Antillen, und alles, was westlich davon lag, sollte Spanien gehören, alles östliche Gebiet den Portugiesen. Die Weltenteilung war durch Bullen des Papstes bestätigt und 1494 durch den Vertrag von Tordesillas und dessen Folgeverträge zwischen den iberischen Rivalen verbindlich geworden. Die portugiesischen Schiffe, dreimastige Karavellen mit auffälligen roten Kreuzen auf den Segeln, befuhren die Küsten Westafrikas, umschifften das Kap der Guten Hoffnung und drangen an der Ostküste des Kontinents wieder nach Norden vor. Auch an der Ostküste Brasiliens und der Westküste Indiens wurden Stationen eingerichtet. Den Karavellen folgten Karacken, tiefbäuchige

Handelsschiffe, die Gold und Zimt, Edelsteine und Pfeffer nach Lissabon brachten, und afrikanische Sklaven zu den Zuckerrohrplantagen Brasiliens. Portugal war ein kleines Königreich mit einer Bevölkerung von einer Million Menschen, „das Land, wo die Erde aufhört und das Meer beginnt", wie Luis Vaz de Camões später in den *Lusiaden* schreiben sollte. Aber die Segler mit dem Kreuz hatten dieses Reich groß gemacht. Lissabon war eine der wichtigsten Hafenstädte der Welt, und der vom Raubhandel finanzierte Prunk am portugiesischen Hof beeindruckte die europäischen Fürstenhäuser. Franz I. von Frankreich hatte den portugiesischen Monarchen noch als Roi Épicier bezeichnet, als Gewürzkrämerkönig. Doch 1559, nur zwölf Jahre nach dem Tod Franz' I., wurde der französische Diplomat Jean Nicot, Sieur de Villemain, an den Hof zu Lissabon geschickt, um eine französisch-portugiesische Fürstenhochzeit einzufädeln. Der portugiesische König war ein fünfjähriges Kind. Das Land wurde von Katharina von Kastilien regiert, der Witwe des zwei Jahre zuvor gestorbenen Monarchen Johann III. Der französische König Heinrich II. hatte den Plan verfolgt, den portugiesischen Kinderkönig Sebastian mit seiner sechsjährigen Tochter Margarete von Valois zu verheiraten. Nach Heinrichs Tod 1559 hielt sein Nachfolger Franz II. an dem Plan fest und schickte Jean Nicot, den ehemaligen Privatsekretär Heinrichs, nach Lissabon, um das Terrain zu sondieren. Frankreich hatte mit Spanien einen Krieg um die Herrschaft in Italien und Burgund geführt, der gerade mit dem Frieden von Château-Cambrésis zu Ende gegangen war, zuungunsten

Frankreichs, das die spanische Oberherrschaft in den umkämpften Gebieten anerkennen musste. Eine französische Verbindung mit Spaniens Rivalen Portugal hätte sowohl Frankreich als auch Portugal auf Kosten Spaniens gestärkt. Aber die Sache war schwierig, schließlich kam die portugiesische Regentin Katharina aus Spanien. König Franz von Frankreich sah in dem jungen Diplomaten Jean Nicot den richtigen Mann für diese Aufgabe. Nicot entstammte einer Notarsfamilie aus Nîmes, und es war ihm gelungen, beim Großsiegelbewahrer am Hof Heinrichs in Dienst zu kommen und die Aufmerksamkeit des Königs zu erregen. Er wurde zum Privatsekretär des Monarchen, rechtfertigte das Vertrauen, das Heinrich in ihn setzte, und wurde von Heinrichs Nachfolger Franz als politischer Heiratsvermittler nach Lissabon entsandt. Aber während Nicot sich mühte herauszufinden, wie die einzelnen Fraktionen am Hof von Lissabon einer portugiesisch-französischen Verbindung gegenüberstanden, starb auch König Franz. Sein Nachfolger war Karl IX., ein unmündiges Kind. In Frankreich führte nun ebenfalls eine Regentin die Staatsgeschäfte, Katharina von Medici. Sie suchte den Ausgleich mit Spanien, der portugiesisch-französische Heiratsplan wurde nicht verwirklicht. Neunzehn Jahre später kam der erwachsen gewordene König Sebastian von Portugal in der Schlacht von Ksar el-Kebir bei Tanger ums Leben, und nach einer zweijährigen Übergangsregierung durch seinen Onkel, Kardinal Heinrich, setzte 1580 Philipp II. von Spanien seine Erbfolgeansprüche durch und gewann auch den portugiesischen Thron. Die beiden iberischen

Seemächte, durch eine Linie um die Welt voneinander getrennt, waren nun unter einer Krone vereint. Nicot hatte sich zu diesem Zeitpunkt längst aus der Politik zurückgezogen und schrieb an einem Schatz, dem ersten Thesaurus der französischen Sprache.

Jetzt steht er bleich an dem schweren Holztisch, fährt nervös mit dem Finger unter die Halskrause und stellt sich die Hellebardenträger vor, die gleich auf ihn losstürmen. Aber es ist nur der Archivar, der den Riegel zurückgestoßen hat, um Nicot vor der Morgendämmerung aus der Kammer zu lassen.

Die Szene ist erfunden. Aber sie hätte sich so abspielen können. Am portugiesischen Hof wurden Karten tatsächlich als Staatsgeheimnisse gehütet, und die europäischen Fürsten schickten Spione nach Lissabon, um sich die geografische Weltkenntnis der Seefahrer anzueignen. Dennoch wäre Nicot bei seiner heiklen Mission nicht das Risiko eingegangen, ohne Erlaubnis zum Wissenskern der portugiesischen Macht vorzudringen. Andererseits war er ein fanatisch neugieriger Mensch. Er interessierte sich für alles, was die Handelsschiffe aus den portugiesischen Besitzungen nach Lissabon brachten: Indigo zum Beispiel.

An dieser Stelle sollte ein prächtiger Einschub über das Blau folgen, denn Blau ist die Lieblingsfarbe Kretas. Und zwischen Nicot und einer Hofdame, die ganz vernarrt in blaue Bänder ist, sollte sich eine wunderschöne Liebesgeschichte entwickeln. Mir ist nicht entgangen, dass die geliebte Leserin und der verehrte Leser nervös geworden sind, als es um die Darstellung der politischen Machtverhältnisse in der Mitte des 16. Jahrhunderts ging, mit nummerierten Königen und Regentinnen und Linien um den Erdball. Ich habe sogar den Verdacht, dass diese Passage nur flüchtig gelesen oder gleich ganz übersprungen wurde, zumal keine Gefahr bestand, ein Zigarettensymbol zu übersehen. Auch Kreta las diesen Absatz nur mir zuliebe. Sie kann den Geschichtslehrer nicht ausstehen und hat deshalb eine Abneigung gegen das Fach. Die meisten Leute interessiert eben mehr, wer wann mit wem ein Bett teilt, als wer wann mit wem die Welt. Also hätte ich Nicot gern eine Liebschaft mit einer eigens erfundenen Hofdame gegönnt, während er eine Infantenhochzeit einzufädeln versucht und Indigoproben sammelt, um sie an den französischen Hof zu schicken. Aber meine Huldigung an das Blau und die Liebe blieb ungeschrieben.

---- ~

Vor kurzem bin ich Carmen begegnet, der rabenschwarzen, der Wölfin im roten Rock über glänzenden Seidenstrümpfen und mit einer Blüte zwischen den Zähnen, die so weiß waren wie geschälte Mandeln. Und mit Augen! Mit Augen! „Wenn Ihr nicht die Zeit habt", riet Prosper Mérimée seiner Leserin und seinem Leser, „in den Zoologischen Garten zu gehen und Euch anzusehen, wie der Wolf aus den Augen blickt, seht Euch Eure Katze an, wenn sie einem Spatzen auflauert." Ich sah Carmen auf einer Themenparty, zu der Paula mich geschleppt hatte. Niemand kann Themenpartys ausstehen, aber alle, die eingeladen werden, gehen hin. Die Themenparty war dem Rauchen gewidmet, dem Rauchen in seinen mannigfachen Erscheinungsformen, Zigaretten, Zigarren,

Pfeifen, Papirossis, Schilfrohre, Joints – alles war erlaubt, nur brennen durfte es nicht. Die Gastgeber waren Nichtraucher und hielten es für einen Clou, eine Party zum Thema Rauchen auszurichten und Nikotinsüchtige einzuladen, um sie den Abend mit kaltgestelltem Gift zwischen den Lippen verbringen zu lassen. Mir war nicht klar, warum Paula da unbedingt hinwollte, und ich dachte, es hätte etwas mit >networking< zu tun, wie die gute, alte Kontaktpflege heute genannt wird. Die Gastgeber und die meisten Gäste waren Juristen. Ich nahm an, Paula wollte mich als Begleitung, weil ich kein Jurist bin und beim Netzeknüpfen nicht stören kann.

Bei dieser juristischen Nichtraucherparty zum Thema Rauchen wurde man auch eingelassen, wenn man nicht im vollen Ornat eines Kostüms erschien, als pfeifeschmauchender Walter Raleigh zum Beispiel, wie der ehemals feurige ältere Herr, ein pensionierter Staatsanwalt, der den ganzen Abend zwischen den Gästen herumlief und den Damen seinen reich verzierten Umhang vor die Füße legte. Oder wie die voll ausgestattete Carmencita, die es mir so angetan hatte. Die meisten Gäste begnügten sich mit einem Accessoire, irgendeiner auffälligen Kleinigkeit, die mit der Geschichte des Rauchens zu tun hatte. Paula machte es sich sehr einfach und tat so, als würde sie mit schwarzem Hut und schwarzer Zigarettenspitze aussehen wie Audrey Hepburn als Holly Golightly in *Frühstück bei Tiffany*. Ich machte es mir auch sehr einfach, kaute auf einer billigen Pfeife herum und redete Paula trotz ihres Hepburn-Outfits mit >Doktor Watson< an. Das machte ihr viel Vergnügen, denn wir wissen beide, wer von uns in Wahrheit das Dummerchen ist. Auf der Party standen viele Frauen mit trockenen Zigaretten in Spitzen und viele Männer mit kalten Pfeifen herum. Das hätte wie Subversion ausgesehen, wenn nicht auch genug Gäste da gewesen wären, die sich ihrer Aufgabe mit Verve gestellt hatten. Als Paula meine Blicke zu Carmen bemerkte, sagte sie: „Eine Studienbekannte von mir, Mister Holmes, eine Scheidungsrichterin, soll ich dich vorstellen?“ Ich sagte nicht >Ja<. Seit der Scheidung von Kreta schlägt mir alles, was mit der Annullierung von Ehen zu tun hat, aufs Gemüt. Aber ich schwieg in stiller Duldung, und Paula verstand. Als sich eine Gelegenheit ergab, machte sie mich mit der Richterin bekannt. Meine Unterarmhärchen stellten sich auf, als ich ihr in die Augen sah, und Carmencita ließ lächelnd die Blüte von einem Mundwinkel in den anderen wandern. Kaum hatte Paula sich unter einem Vorwand verdrückt, forderte ich Carmen zum Tanz auf. Ich werde ihr schon zeigen, wer der Spatz und wer die Katze ist, dachte ich mir, denn ich bin ein hervorragender Tänzer, auch wenn die **geliebte Leserin**, die gute Tänzer zu schätzen weiß, mich jetzt womöglich für eitel, und der **verehrte Leser**, dem gute Tänzer verständlicherweise auf die Nerven gehen, für einen alten Angeber hält. Die meisten Frauen lieben es, geführt zu werden – wenn ich auch vorsichtshalber gleich hinzufügen will, dass sich diese Liebe in der Regel aufs Parkett beschränkt. Meine Tanzkünste habe ich von Carmen gelernt, der wirklichen, wahren, der blonden Carmen. Sie brachte mir bei, wie ein Mann gleichzeitig zurückhaltend und energisch führt, wie er sich dezent und doch unerbittlich zum Herrscher über die Schritte macht. Aber ich kam nicht dazu, Carmencita zu beweisen, was ich bei Carmen gelernt hatte. Ein etwas füllig gewordener Belmondo stellte sich außer Atem vom Tanzen zwischen uns, holte eine zerknautschte Filterlose aus der Hemdtasche und blickte mich verlangend an: „Bitte, haben Sie mal Feuer!“ – „Aber Gerhard! Du kannst hier nicht rauchen! Du wirst uns ganz unmöglich machen!“ Dahin war der wölfische Carmencita-Schmelz, vor mir stand mit einer Blüte in der Hand eine ganz normale Ehefrau mit graugrünen Augen, die ihren Gatten tadelte (und ihm wahrscheinlich die Hemden kaufte). „Zum Teufel mit dieser Themenparty“, rief Belmondo, „das ist doch zum Kotzen.“ Die Umstehenden lachten, und in diesem Lachen kündigte sich schon die Revolte an. Als er seine Frage nach Feuer wiederholte, warf ihm seine Frau die Blüte gegen die Brust und sagte resigniert: „Dann geht wenigstens auf den Balkon.“ Belmondo fuhr mit dem Daumennagel versonnen seine Lippen ab, bevor er begann, uns einen Weg durch die Gäste zu bahnen. Manche klopften ihm auf die Schultern, man merkte, wie sehr sie Lust hatten, sich uns anzuschließen. Als wir endlich im Balkonzimmer angekommen waren, hatten wir tatsächlich einen Hitchcock im Gefolge, von dem man nicht recht wusste, ob er vielleicht doch eher Churchill sein wollte, außerdem ein Zigarettenmädchen mit Bauchladen, das von den Gastgebern angeheuert worden war, um Schokoladenzigaretten zu verteilen, einen Inspektor Columbo im schäbigen Trench und einen originalgetreu breitschultrigen und kurzbeinigen Humphrey Bogart, der dauernd „Schau mir in die Augen, Kleines“ zu dem Zigarettenmädchen sagte. Auf dem Balkon fanden wir Paula vor, wir waren also zu siebt, Paul nicht mitgerechnet. Wir drängten uns auf dem Balkon und alle holten die Zigarettenschachteln hervor, die sie seltsamerweise zur Nichtraucherparty mitgebracht hatten. Das Zigarettenmädchen hatte seinen Bauchladen abgeschnallt, und es war ihr gelungen, zwischen sich und Bogey den dicken Churchill oder Hitchcock zu bugsieren. Männliche Leibesfülle kann sehr behütend sein. Sie durfte sich nun unbehelligt ganz auf ihre Züge konzentrieren ---- ~ entspannte sich augenblicklich und lächelte dankbar zu dem stattlichen Hitchcockchurchill empor, der behaglich vor sich hin paffte ---- ~ während der kleine, aber gut trainierte Bogey mit brennender Fluppe im Mund ---- ~ vergeblich versuchte, den Bauch eines anderen Mannes zu überwinden. Paula blies mir ihren Rauch ins Ohr ---- ~ und flüsterte: „Wie war sie?“ – „Verheiratet“, flüsterte ich zurück, zog an meiner Zigarette ---- ~ und deutete mit dem Kinn zu Belmondo hinüber, der seine Rolle als Anführer unserer Rebellion mit tiefen Zügen genoss ---- ~. Paula lachte. Der Columbo neben uns steckte seine zweite an. ---- ~ Er hielt die Zigarette mit drei Fingern und presste beim Ziehen den Filter zusammen, ein untrügliches Kennzeichen der hoffnungslosen Fälle. Das Mundstück einer Zigarette ist keineswegs dafür da, um Schadstoffe auszufiltern. Es ist vielmehr mit Luftlöchern durchsetzt, und beim Ziehen vermischt sich der Rauch mit Luft. Die früher *Lights* genannten Zigaretten unterscheiden sich von den anderen Sorten der gleichen Marke dadurch, dass sie zwar tatsächlich leichter sind, aber nur nach Gewicht. Zum Ausgleich ist der Tabak, den die *Lights* enthalten, in Wahrheit stärker als der in ›normalen‹ Zigaretten. Allerdings haben sie auch mehr und größere Luftlöcher in den Filtern. Und je mehr Luft mit dem Rauch durch den Filter gezogen wird, desto geringer die Werte auf den Schachteln. Die Werte werden maschinell ermittelt, aber die Maschine nimmt nur einen Zug in der Minute und drückt nicht unbewusst die Filter zusammen wie Columbo und viele andere Raucher, die so aus ihren Zigaretten das Letzte herausholen. ---- ~ Der Mann hatte ungewöhnlich schöne Hände, schmal, mit wunderbar ebenmäßigen, sehr hellen Halbmonden an den Nägeln. Aber am Zeige- und Mittelfinger seiner rechten Hand waren die ersten Glieder gelblich braun, es sah abscheulich aus. Paula stieß mich an, als sie bemerkte, wie fasziniert ich Columbos Hände anstarrte. Natürlich wollte ich nicht unhöflich sein und wandte den Blick ab. Er hatte meine Aufdringlichkeit gar nicht bemerkt. Abwechselnd schaute er Paula und mir ins Gesicht, mit einem ergebenen Lächeln, doch er nahm uns gar nicht wahr, er brannte und schwebte. ---- ~ Der Hitchcockchurchill bekannte sich ausdrücklich zu Churchill und drückte mit seinem staatsmännischen Bauch den Bogey an die Balkonbrüstung, der die Unverschämtheit besessen hatte, ihn mit „He, Mister Hitchcock“ anzureden. Zu dem Zigarettenmädchen sagte Churchill: „Wissen Sie, von Haus aus bin ich Rechtshistoriker“, er drehte sich zu Bogey um und bekräftigte, „jawohl, Rechtshistoriker“, und wieder zu dem Mädchen, „aber jetzt arbeite ich als Notar. Und Sie, Sie sind bestimmt Jura-Studentin?" In seiner Vorfreude auf eine improvisierte rechtsgeschichtliche Vorlesung über die Geschichte obrigkeitlicher Rauchverbote zauberte er eine Zigarre aus der Innentasche der Anzugjacke. Das Zigarettenmädchen wurde ein wenig verlegen und schüttelte den Kopf. Sie war keine Studentin. Sie war ein Zigarettenmädchen. Normalerweise lief sie in einem Multiplex-Kino herum und verkaufte Popcorn und Eis aus ihrem Bauchladen. „Geht ziemlich aufs Kreuz", sagte sie nervös, und der dicke Notar blickte väterlich enttäuscht auf sie hinab, verzichtete auf seine Ausführungen und steckte die Zigarre zurück. Sie ließ ihre fast bis zum Filter abgerauchte Kippe auf den Boden fallen, trat sie hastig aus und schlüpfte an Bogey vorbei zurück ins Zimmer, um den Bauchladen wieder umzuschnallen. Belmondo meinte, auf dem Balkon werde es langsam ungemütlich, und schlug vor, die Zigaretten im Zimmer zu Ende zu rauchen. „Das ist doch kein Verbrechen, oder?" Bogey war der erste, der ihm zustimmte, und schon als Nächster folgte Churchill. Seine rechtliche Erwägung der Frage kann nicht sehr tief gehend gewesen sein. Columbo sagte gar nichts und ging einfach hinein. Wir blieben allein auf dem Balkon, und Paula rauchte noch eine Letzte, dann noch eine für Paul, eine für Audrey Hepburn und eine für Holly Golightly. ---- ~ *Wenn Sie die erste Mission des Jean Nicot geschwänzt haben, könnten Sie sich nun gestärkt ins 16. Jahrhundert wagen.* Als ich mit Paula in die Wohnung zurückging, war die Bastille schon gestürmt. Nicht nur im Balkonzimmer, in allen

Zimmern standen rauchende und lachende Menschen herum. Die Stimmung war geprägt von jener gefährlichen Ausgelassenheit, in der Völker es lieben, Könige zu köpfen. Die Gastgeber sahen ganz unglücklich aus. Aber die Gäste besänftigten sich, nachdem sie genug geraucht hatten, und lobten die Gastgeber für die wundervolle Themenparty-Idee, während sie selig die Asche in die aus der Küche herbeigeschafften Unterteller schnippten. Die Gastgeber taten so, als sei der Verlauf des Abends genau so geplant gewesen, und waren klug genug, den Erfolg ihrer Party zu genießen, obwohl sie sich diesen Erfolg ganz anders vorgestellt hatten. Von Paula habe ich im Nachhinein erfahren, dass sie deshalb auf diese Nichtraucherparty gegangen ist, weil sie an diesem Abend mit dem Rauchen aufhören wollte. Wenn ich nicht gewesen wäre, teilte sie mir am Telefon mit, hätte sie mich Carmencita nicht vorgestellt, es wäre nicht zur Balkoneskapade mit Belmondo gekommen und sie hätte nicht geraucht. Auf meinen Einwand, dass sie doch schon auf dem Balkon gestanden hatte, als ich mit den anderen dort ankam, sagte sie: „Aber ich hatte noch nicht geraucht." Ich bin sicher, diese Argumentation hat sich Paul ausgedacht. Kreta würde protestieren, wenn ich sie sehen dürfte und mit ihr sprechen könnte. „Hör doch auf mit diesem komischen Paul von deiner komischen Paula. Man *hat* keinen inneren Schweinehund, man *ist* einer."

---- ~

Nach unserer Inselromanze waren Kreta und ich als Paar nach Deutschland zurückgekehrt. Sie machte ihr Referendariat, ich das Volontariat. Wir wurden annähernd zur gleichen Zeit fertig. Kreta bekam eine Stelle an einer Hauptschule in einem Viertel, das in der Lokalredaktion meiner Zeitung als ›sozialer Brennpunkt‹ bezeichnet wurde. Ich trat die Nachfolge des an Lungenkrebs erkrankten Redakteurs für Vermischtes an. Er stellte das Rauchen ein, machte eine Chemotherapie, und als ihm die Haare nachgewachsen waren, fing er wieder an und rauchte sein Leben auf.

Zu Beginn meiner Redaktionskarriere, die so steil verlief wie ein zu Boden gefallener Besenstiel, hoffte ich, eines Tages vom Vermischten ins Feuilleton wechseln zu können. Aber als später tatsächlich eine Literaturstelle frei wurde, machte ich keinen Versuch, mich in die Neubesetzungsintrigen einzumischen. Der unvollendete Schriftsteller, der ich immer noch war, fühlte sich von den vermischten Meldungen mehr angesprochen als vom Rezensionswesen mit seiner Stilmischung aus Klappentextdiktion und Prunkrhetorik.

„Dieses Debüt überrascht durch die Reife eines Spätwerks.“
„Die Erzählerin beweist meisterliche Sprachkraft.“
„Der Autor demonstriert sprachliche Meisterschaft.“
„Dieses Spätwerk überrascht durch die Frische eines Debüts.“

Statt dessen schrieb ich Agenturmeldungen zu Miniromanen um und freute mich an den Überschriften.

„Zirkuslama bespuckt Oberbürgermeister.“
„Kind in Brunnen gefallen: Trocken Gerettet.“
„Tief Isabel von Hoch Harald geschieden.“
„Marlboro-Cowboy gestorben: Krebstod mit 51“

Ich hatte meine neue Stelle gerade erst angetreten, als die Meldung über den Ticker kam. In den 60er Jahren war der ehemalig Rodeoreiter Wayne McLaren in Nebenrollen in amerikanischen TV-Serien und Western zu sehen gewesen, bis er Mitte der 70er zu einem der *Marlboro*-Cowboys auserkoren wurde, die am Lagerfeuer *Marlboro*-Zigaretten rauchen, während in *Marlboro*-Country die *Marlboro*-Sonne untergeht. Er rauchte nicht nur in Reklame-Spots, sondern auch im wirklichen Leben. Anderthalb Schachteln am Tag. Mit 49 erkrankte er an Lungenkrebs und ein Flügel wurde entfernt. Er begann, sich als abschreckendes Beispiel für Anti-Tabak-Kampagnen zur Verfügung zu stellen, und plädierte auf einer Aktionärsversammlung von Philip Morris für die Verabschiedung einer Resolution, die eine Werbebeschränkung für Zigaretten forderte. Ein Anti-Raucher-Spot zeigte ihn im Sterbebett, während sein Bruder Charles aus dem Off erklärte: „Lying there with all those tubes in you, how independent can you really be?" Er selbst bekannte in einem Interview: „Meine Sucht hat sich gerächt. Ich beende mein Leben unter einem Sauerstoffzelt. Ich sage euch: Rauchen ist das nicht wert!" Er starb am 22. Juli 1992. Ich verfasste für die Vermischten einen ehrenden kleinen Nachruf, den ich durch ein Lasso mit Henkerschlaufe illustrieren ließ. Außerdem nahm ich mir vor, dem armen McLaren zu Ehren und mir zuliebe an diesem Tag dem Rauchen abzuschwören. Seitdem sind viele Jahre vergangen ---- ~ und viele Versuche, aufzuhören, zu pausieren, zu rationieren, zu minimieren. Aber jedes Mal, wenn sich der Rauch der Selbstbelagerung verzogen hatte, stellte ich fest, dass ich wieder bei meinem Schachtelquantum angekommen war.

---- ~

Während ich Überschriften für die kleinen, nicht immer ganz vertrauenswürdigen Geschichten ausbrütete, aus denen sich die Vermischten gewöhnlich zusammensetzen, dachte Kreta darüber nach, wie man in der ersten Stunde die Schüler wach bekommt. Die erste Stunde taugt nur begrenzt zur Vermittlung von Kenntnissen und dient vor allem dem erzieherisch wertvollen Aufwecken. Didaktisch am vernünftigsten wäre ein Schulbeginn um neun oder noch besser um zehn. Das ist allerdings nicht praktikabel, denn die Eltern müssen dann längst selbst schon am Arbeitsplatz sein. Die Schule für die Kinder beginnt wegen der Arbeit der Eltern so früh, nicht weil es lernpraktisch besonders effektiv wäre. Außerdem wäre es moralisch einfach nicht zu vermitteln, wenn Lehrerinnen und Lehrer erst um zehn zu arbeiten anfingen, während die Mehrheit um sieben oder um acht, allerspätestens um neun gleitzeitgeschüttelt auf der Matte zu stehen hat. Das ist wie mit den Ferien. Lehrer machen viel mehr Ferien als Unterricht. Nachmittags haben sie auch dauernd frei, wo doch schon die Vormittagsstunden nur 45 Minuten haben. Kein Mensch hat je von einer Arbeitsstunde im Büro gehört, die 45 Minuten dauert. Die Lehrer haben dauernd Ferien, und wenn sie arbeiten, dann nur vormittags und nur mit 45-Minuten-Stunden und mit vielen Pausen dazwischen, kleine Pausen, große Pause, und wenn man ausgebrannt ist, macht man ein Sabbath-Jahr oder geht mit Anfang 50 in Pension – Lehrerin oder Lehrer müsste man sein, sagen die Leute immer, wenn sie nicht zufällig selbst Lehrerin oder Lehrer sind und wissen, dass die Wirklichkeit ganz anders ist, als die Elternschaft sich das vorstellt. Kreta meinte immer, Eltern und Lehrer seien nun einmal natürliche Feinde, die um die gleiche Beute kämpfen, um den jungen Menschen, der einerseits Sohn oder Tochter ist, andererseits Schülerin oder Schüler. Die Natürlichkeit dieser Feindschaft, erläuterte mir Kreta, offenbare sich immer dann, wenn Lehrer gleichzeitig Väter und Lehrerinnen gleichzeitig Mütter seien. Es ist zum Beispiel etwas ganz anderes, einer Elternversammlung als Elternteil beizuwohnen oder sie als Lehrerin abzuhalten. Lehrerinnen und Lehrer, die als Mütter und Väter auf eine Elternversammlung gingen, neigten dazu, wie alle anderen Eltern auch den ganz normalen Eltern-Unsinn zu erzählen, obwohl sie nach Elternversammlungen, die sie als Lehrerinnen oder Lehrer abhalten, über eben diesen Unsinn enerviert die Köpfe schütteln.

Ich verstehe nichts von Pädagogik, und wenn mir Kreta ein neues didaktisches Konzept auseinander setzte und mich dann fragte: „Wie findest du es?“, ging es mir wie ihr mit meinem *Nicot.* „Gut“, sagte ich, „ganz gut, gefällt mir.“ – Sie verdrehte die Augen und wandte sich ab. „Es gefällt ihm“, sagte sie ironisch zu ihrer *Roth-Händle*, und blies Rauch auf das glühende Ende. *Bitte rauchen Sie nur, wenn das Signal erscheint.* Ich liebte diese seltsame Angewohnheit, der ich zum erstenmal auf >unserer< Insel begegnet war, als Kreta sich so nachdenklich gefragt hatte, ob sie eine gute Lehrerin werden würde. Sie wurde eine gute

Lehrerin, und sie hat ihre Entscheidung niemals bereut, auch nicht in Phasen völliger Erschöpfung, die sie übrigens normalerweise zu vermeiden wusste. Als Erstes muss man den Unterschied zwischen Engagement und Aufopferung begreifen, sagte sie gern. Wer sich selbst opfert, verliert auch den Kontakt zu den anderen, weil der Sinn für das gesunde Eigeninteresse verkümmert.

Manchmal bin ich ihr bei etwas ungewöhnlicheren Aktionen zur Hand gegangen. Zum Beispiel legten wir einen neuen Aufenthaltsraum mit einem knallgelben Teppich aus. Die Direktorin hatte zugestimmt, aber das Lehrerkollegium, allen voran der Geschichtslehrer, machte sich darüber lustig. Ein gelber Teppich! Im Aufenthaltsraum einer Hauptschule! Einer Brennpunktschule! Einer Restschule! Da gehört überhaupt kein Teppich rein, sondern etwas Strapazierfähiges, PVC, da gibt es auch hübsche Sachen, farbig und mit Mustern. Aber Kretas Trick funktionierte. Die jungen Leute waren beim Anblick des gelben Teppichs dermaßen erschrocken, dass sie vorsichtshalber ganz von selbst die Schuhe auszogen und sie der Reihe nach im Flur an die Wand stellten. In der Schule waren kleinere Diebstähle nichts Ungewöhnliches, aber die Turnschuhe, die im Gang Schlange standen, waren tabu, das war Komantschengesetz. Es kam nur ein einziges Mal vor, dass ein besonders attraktives Paar verschwand. Die Aufregung war groß. Am nächsten Tag standen die Schuhe wieder da.

Ein anderes Beispiel für Kretas „Extrawürste" (der Geschichtslehrer) waren die Bücherkisten, große Plastikboxen aus dem Baumarkt, in denen jeweils elf Bücher lagen, für jeden Monat eines, die großen Ferien abgerechnet. Ich besorgte die Bücher über den Literaturredakteur der Zeitung, der sie von den immer sehr netten Pressedamen der Verlage bekam. Die Boxen standen im Aufenthaltsraum. Wer während des Schuljahres alle elf Bücher einer Box gelesen hatte, bekam einen Lesepass und eine Belohnung – nein, kein Buch, eine Kinokarte plus Cola-Spesen. Das Kistenlesen wurde bespöttelt und entwickelte sich nicht gerade zum Breitensport, zumal die Lektüre in einem Gespräch mit Kreta nachgewiesen werden musste. Aber bei einer Minderheit hatte die Idee Erfolg. Die Mehrheit der Minderheit waren Mädchen, wie sich die geliebte Leserin leicht denken kann, und wie es auch Kreta nicht anders erwartet hatte. Aber dann trug der Fußballstar der Schule zur Kampagne bei. Er las eine Kiste leer, und als sich herumsprach, dass er den Pass erworben hatte, stieg das Ansehen des Papiers erheblich. Die meisten wussten ja nicht, dass der Fußballer nur eine Wette verloren hatte. Zum Glück sind Wettsachen Ehrensachen, selbst wenn man verloren hat und elf >ganze< Bücher lesen muss. Der Stürmer kämpfte sich also durch die Kiste und beeindruckte damit seinen Sportlehrer, der ihm das Kompliment machte, er sei konsequent und ausdauernd „wie ein echter Profi“. Der Junge wiederum war von der Anerkennung, die sich von seinen Füßen auf seinen Kopf ausgebreitet hatte, so hingerissen, dass er auch im Folgejahr die Kiste schaffte und sich das mit dem nächsthöheren der farblich abgestuften Pässe bestätigen ließ. Im Aufenthaltsraum verwandelte er Bücher in Pässe, auf dem Fußballplatz Pässe in Tore. Der Junge, der in der Fünften eine Ehrenrunde hatte drehen müssen, schaffte einen Qualifizierten Hauptschulabschluss, einen leidlichen, aber immerhin. Solcherart sind die Triumphe in Kretas Laufbahn als Lehrerin.

---- ~

Wir heirateten, nachdem wir beide die Festanstellung sicher hatten. Der schönste Raum in unserer Wohnung war das Schlafzimmer. Für mich hatte er nur den Nachteil, dass Kreta darin absolutes Rauchverbot verhängt hatte. Der andere Ort mit absolutem Rauchverbot war das Bad. Die Orte des Rauchens sind so vielfältig wie die des Lesens, und ich hätte Lust, auf der Stelle einen topografischen Exkurs zu schreiben vom Rauchen auf dem Schulklo bis zum Lesen in der Badewanne, und andersherum. Aber dieser Roman ist nicht der *Tristram Shandy*, und ich will meine Neigung zum Abschweifen und Hinauszögern, die vor allem unserer gemeinsamen Furcht, geliebte Leserin, verehrter Leser, vor unserer gemeinsamen letzten Zigarette geschuldet ist, ein wenig bremsen und nur rasch zu Protokoll geben, dass ich nie und nimmer mit einer Frau zusammenleben könnte, die ihre Frühstückszeitung rauchend auf der Toilette zu lesen pflegt, denn auch wenn Tucholsky sagt, obwohl das schon wieder eine Abschweifung ist und den ohnehin schon schrecklich langen Satz nur noch länger macht: „Selbst der stärkste Mann schaut mal unters Bett, selbst die schönste Frau muss mal aufs Klosett", so muss dabei nicht auch noch geraucht werden. Trotzdem hätte ich mir im Schlafzimmer ganz gern hin und wieder eine angesteckt, nach einem Sonntagsfrühstück mit Krümelsex zum Beispiel. Aber ich habe Kretas Verbot kein einziges Mal übertreten, auch nicht, wenn sie auf Klassenreise war.

Wir nutzten eine begehbare Kammer als Kleiderschrank und richteten das Schlafzimmer puristisch ein: Nur wir, vier Quadratmeter Bett in der Mitte des Raums und ein Deckenstrahler für den Himmel. Der Himmel war ein Geschenk Annes. Gewebtes Nachtblau mit weißen Sternen, der Ausschnitt annähernd so lang und so breit wie die Zimmerdecke. Wenn wir im Bett auf dem Rücken lagen und nach oben blickten, hatten wir genau den Orion über uns, schräg links darunter Sirius und den großen Hund, ganz links darüber den Löwen, das Sternzeichen Kretas, und zwischen Löwe und Orion eingewebt Castor und Pollux, die für mich zuständig sind, leider. Zwillinge haben den Ruf, nicht immer ganz zuverlässig zu sein, dabei bin ich die treueste Seele, die jemals einen Roman über das Rauchen geschrieben hat. Zum Vergleich möchte ich nur an das streunende Begehren des armen Cosini erinnern. „Und was ist mit Paula!", wird die geliebte Leserin womöglich einwenden. Das hat Kreta auch gesagt.

Wir hatten geheiratet, aber keine Hochzeit gefeiert und unsere Freunde gebeten, nichts zu schenken, auch keine Nudelsiebe aus Platin, Salatschleudern mit drei Jahren Garantie, >nostalgische< Standaschenbecher oder computerisierte Eieruhren. Als wir vom Standesamt zurückkamen, fanden wir vor unserer Wohnungstür eine große Packpapierrolle vor, auf der mit Druckbuchstaben geschrieben stand: „Von Anne." Während der Zeremonie auf dem Standesamt, als Anne unseren Treueschwur bezeugte, hatte sie kein Wort davon gesagt, dass unterdessen die Rolle vor unsere Tür gelegt wurde. Wir waren fassungslos, als der Himmel dann ausgebreitet auf dem Parkettboden lag. So einen Teppich hatten wir noch nie gesehen, und Kreta meinte gleich, wir könnten dieses unerhörte Geschenk, dieses unerhört schöne Geschenk, das Anne ein Vermögen gekostet haben müsse, nicht annehmen. Sie stürzte zum Telefon. Das Gespräch war kurz, Kreta kam ganz rot im Gesicht zurück. Sie starrte auf den Himmel hinunter: „Anne sagt, das ist kein Teppich, sondern eine Decke. Und dass sie an die Decke gehört. Falls es uns gefällt." Kreta zündete sich eine Zigarette an und blies Rauch auf die Glut. „Falls es uns gefällt – es ist nicht zu glauben." Sie nahm noch einen Zug. „Das hier hat Anne gewebt. Sie sagt, es ist eine ihrer ersten Arbeiten dieser Art, ein Anfängerwerk! Wenn es uns nicht gefällt, holt sie es wieder ab. Kein Problem, sagt sie, dann holt sie es einfach wieder ab. Ich glaube, die spinnt. Anfängerwerk. Sie sagt, wenn wir von einem Schreiner einen Spannrahmen einpassen lassen, könnte sie daran mit Schlaufen die Decke festmachen."

Wenige Tage später lagen wir zu dritt nebeneinander auf Annes Bett, Kreta in der Mitte, und blickten in den gewebten Lebensgarten. Die perspektivischen Verkürzungen waren so raffiniert wie bei einem Deckengemälde des Barock. Eine breite Borte mit Blattornamenten umrahmte den Garten. Wir sahen Bäume und Wege, verwunschene Ecken, Bäche und einen Seerosenteich. In der Mitte des Gartens stand ein Hügel mit einer sonnigen und einer schattigen Seite. Es gab nirgends Menschen, kein Adam, keine Eva in Annes Paradies. Und weder Gott noch Schlange. Nur reines Glück in grünen Farben und das Seerosenweiß im blauen Teich. Anne fing an, nach oben zu deuten und den Aufbau des Gartens zu erläutern. Sie zeigte uns die Äpfel in den Bäumen und den kleinen Frosch auf einem der Seerosenblätter und ein im Wasser sich spiegelndes molliges Wölkchen. Sie sprach ganz sachlich, wie eine Fremdenführerin. Und ganz sachlich zeigte sie auf eine große Staude mit schönen weißen Blüten: „Eine Tabakpflanze." Kreta hatte Tränen in den Augen, als sie sagte: „Du bist ja ein Genie." Anne erwiderte treuherzig: „Stimmt genau."

Inzwischen steht der Himmel um eine Pappstange gerollt und gut verpackt in einer Ecke von Annes Atelier. Als Kreta und ich den gemeinsamen Hausstand inspizierten, bevor ich meine Sachen in Kisten packte und auszog, waren Annes in die Nacht gewebte Sternzeichen der einzige Gegenstand, über den wir uns nicht einigen konnten. Wir trennten uns ohne Verteilungskrieg, und Annes Himmel war so mit unseren gemeinsamen Jahren verbunden, dass weder Kreta noch ich ihn allein besitzen wollte. Wir gaben ihn zurück in die Obhut seiner Schöpferin.

## Die zweite Mission des Jean Nicot

*Sie befinden sich wieder im 16. Jahrhundert. Wenn Sie es ohne Zigaretten nicht aushalten, gehen Sie zurück auf den Balkon. Nehmen Sie einen neuen Anlauf, wenn Sie genug geraucht haben.*

Nicot läuft unruhig im Garten der französischen Botschaft herum. Manchmal bleibt er unvermittelt stehen und tippt versonnen mit der Schuhspitze gegen eine Rabatte oder gegen den Stamm eines der Orangenbäumchen, die er hat pflanzen lassen. Die Heiratsangelegenheit steht kurz vor dem Scheitern, Nicot ist nervös. Wenigstens kann er sich auf einen Besuch bei seinem Lissabonner Freund Damian de Gões freuen. Nicot bewundert ihn sehr. Damian ist ein Universalgelehrter, auf vielen Gebieten bewandert, dazu musikalisch begabt. Aber vor allem ist er ein hervorragender Botaniker mit einem großem Interesse an den Pflanzen aus Übersee. Mit auf dem Rücken verschränkten Händen geht Nicot die Gartenwege entlang. Er versucht nachzudenken, sich den Wortlaut eines längst fälligen Berichts an den französischen Hof zurechtzulegen. Wenn nur dieser elende Ausschlag am Hals nicht wäre. Und die Kopfschmerzen. Und der Lärm in Lissabon, überall dieser Lärm. „Viel Geld kostet der Schlaf in der Hauptstadt" – welcher Römer hat das noch gleich gesagt? Juvenal? Nicot hat es vergessen. Er interessiert sich mehr für neue Dinge als für alte Weisheiten, vor allem für die Wunderwerke und Kostbarkeiten, die von den Schiffen der Portugiesen über den Atlantik gebracht werden – wenn sie nicht gerade englischen Freibeutern in die Hände fallen, die mit königlichen Konzessionen die Meere unsicher machen, besonders seit Elisabeth auf dem Thron sitzt, wieder eine dieser mächtigen Frauen, mit denen es Nicot auch in Portugal und zu Hause in Frankreich zu tun hat. Nur muss die englische Elisabeth nicht wie Katharina von Kastilien in Portugal und Katharina von Medici in Frankreich stellvertretend regieren, sondern trägt selbst die Krone.

Nicot merkt, dass er Schwierigkeiten hat, sich zu konzentrieren, seine Gedanken mäandern, schwingen wie diese ewigen Kopfschmerzen, ein unaufhörliches Vibrieren, wie wenn der Schädel mit Längen- und Breitengraden überzogen wäre, mit dünnen Linien, die sich immer enger zusammenziehen. Die englischen Überfälle auf portugiesische, spanische und französische Handelsflotten sind für Nicot im Moment nicht wichtig. Es kommen genug Schiffe zurück und fahren durch das Strohmeer, wie die Leute die Mündungsbucht des Tejo nennen, in den Hafen von Lissabon. Wichtig ist das sich abzeichnende Scheitern seiner diplomatischen Mission. Er macht sich Gedanken darüber, wie er nach Paris berichten soll. Die Entsendung hatte er König Heinrich und König Franz zu verdanken, Rechenschaft ablegen muss er nun vor der Regentin Katharina von Medici. Wodurch könnte er den gescheiterten Plan ersetzen? Auf keinen Fall kann er es wagen, seine Aufzeichnungen aus der Kartenkammer durch einen Kurier vorauszuschicken. Diese Beute kann er nur persönlich überbringen, falls ihn die Regentin überhaupt empfängt. Er braucht schon vor seiner Rückkehr nach Paris Ergebnisse, augenscheinliche, greifbare Ergebnisse, wie die Orangenbäumchen, die er vor einiger Zeit an den Gärtner des Kardinals von Lothringen geschickt hat. Nicots Ausschlag hat sich verschlimmert, wie immer, wenn er nervös ist. In jener Nacht in der Kartenkammer hat er sich blutig gekratzt, er braucht jetzt viel Puder und noch mehr Selbstbeherrschung.

Ich fragte Kreta, ob ich die Szene etwas ausschmücken sollte, zum Beispiel durch einen Zwischenfall mit der

Blaubebänderten, von der Nicot im Garten überrascht wird? Ganz aufgebracht stürmt sie auf ihn zu und macht ihm eine Szene. Was für eine Blaubebänderte? Kreta wunderte sich. Ich hatte ganz vergessen, dass die Indigo-Passage noch gar nicht geschrieben war.

Wie immer fühlt Nicot sich wohl bei seinem Freund, dem Vielwisser, der sich für alles interessiert, nur nicht für die Politik am Hof. Nicot entspannt sich, vergisst seine diplomatischen Schwierigkeiten. Angespornt von Damien, lässt er sich zu wissenschaftlichen Spekulationen hinreißen und gibt schließlich lachend zu, dass er von dem, was er sagt, selbst nicht alles versteht. Damien sagt trocken „Das ist immer so“ und beendet Gespräch und Mahl. Er führt seinen Gast hinaus in den Garten. Die Abenddämmerung hat begonnen. Nicot fällt eine Staude mit weiß schimmernden Blüten in die Augen, die er auch in den Ziergärten der portugiesischen Aristokratie schon vereinzelt gesehen hat. Damian tut erst geheimnisvoll, erzählt, wie begehrt die Pflanze wegen ihrer Seltenheit ist, ein gärtnerisches Schmuckstück für jedes Adelspalais. Aber ihre wahre Kostbarkeit sei noch gar nicht bekannt. Dann geht es mit ihm durch, und er fängt an, ihre einzigartige Heilkraft zu rühmen, ihre beinah zauberische Wunderwirkung, die man eines Tages wissenschaftlich erklären können wird, davon ist Damian überzeugt. Er zupft ein Blättchen von der Staude, zerreibt es zwischen den Fingern und hält es Nicot unter die Nase, der sofort das Gesicht verzieht. Damian lächelt und lässt nicht ab vom Lobpreis der Pflanze, einer wahren Panazee, einem Kraut, das alles heilt und niemals schadet. Nicot ist beeindruckt von der Verzückung seines sonst so nüchternen Freundes und erkundigt sich vorsichtig, wie er ein Exemplar für seinen Botschaftsgarten beschaffen könnte. Damian gehört zu den Leuten, die Wissen nicht besitzen, sondern teilen wollen, trotz der Geheimniskrämerei am Anfang, mit der er die Sache ein wenig spannend machen wollte. Er bietet Nicot unumwunden ein Exemplar an, außerdem Setzlinge und Samen. Und er rät ihm, sich gegen seine Kopfschmerzen auf Stirn und Nase Umschläge aus angefeuchteten Blättern zu machen. Vom Ausschlag am Hals weiß er nichts. Nicot trägt in der Öffentlichkeit stets eine Halskrause, was als Marotte belächelt wird, denn obligatorisch ist das unbequeme Ding nur bei offiziellen Anlässen. Nicot verabschiedet sich von seinem Freund, ganz beglückt über die Aussicht, ein Exemplar der Panazee mit den hübschen weißen Blüten zu bekommen.

Zur Auflockerung könnte nun ein pittoresker Spaziergang durch die nicht ganz ungefährliche Hafengegend von Lissabon geschildert werden, gefährlich vor allem für einen reichen Mann. Leute mit Halskrausen haben stets einen Beutel Gold im Umhang. Vielleicht sollte ich Nicot in einen Zweikampf mit einem betrunkenen Matrosen schicken? Sozusagen als Spiegelszene zum Liebesstreit im Botschaftsgarten, mit dem Unterschied, dass Nicot das Duell in der Spelunke gewinnt. Bei seinem Zug durch die Hafenkneipen könnte Nicot außerdem zum erstenmal auf qualmende Seeleute stoßen, denn auch, wenn die Zigarette noch nicht erfunden und der Tabak noch nicht verbreitet war, das Pfeiferauchen grassierte unter den Seeleuten schon, in den portugiesischen, spanischen und französischen Häfen. Aber davon konnte Nicot nichts wissen. Denn auch, wenn er nur ein kleiner Herr war, ein Herr war er doch. Die Hafenkneipen der eigenen Stadt waren für ihn viel weiter weg als die Fürstenhöfe in fremden Ländern.

Am Tag nach dem Besuch bei seinem Freund erhält Nicot über einen Boten zwei Stauden und einen Beutel mit Samen, außerdem in feuchte Tücher gewickelte Blätter. Er versteht den Wink und legt sich die Blätter auf Stirn und Nase, obwohl er den Geruch unangenehm findet. Er wiederholt den Versuch, und tatsächlich stellt sich Linderung ein, der Schmerz verschwindet nicht ganz, aber das Schneidende, Vibrierende lässt nach, der Kopf scheint sich zu weiten, welche Wohltat, ah, so lässt sich leben. Er zögert nicht, auch den Ausschlag mit den Blättern zu behandeln. Bei der Beurteilung der Ergebnisse schwankt Nicot, er fühlt sich erleichtert, stellt aber keine sichtbare Besserung fest.

Eines Tages beobachtet er in seinem Garten einen fremden Jungen, der an einer der Stauden schnuppert. Erst glaubt er, einen Auftragsdieb überrascht zu haben, aber der Junge stellt sich als Freund eines der Pagen heraus. Nicot bemerkt einen aufblühenden Furunkel an der Nase des Jungen, ein prächtig-widerliches Ding. Nicot behandelt es mit den Blättern, er legt die Umschläge nicht selbst an, natürlich nicht, aber er sorgt dafür, dass seine Anweisungen genau befolgt werden, und einmal am Tag sieht er nach der inzwischen aufgebrochenen Wunde. Die Behandlung dauert zehn Tage, die Wunde wird kleiner und schließt sich. Der Junge läuft überall herum und erzählt, Nicot habe ihn gesund gezaubert. Diese Art Ruhm ist gefährlich. Die Inquisition duldet keine Wunder, die sie nicht autorisiert hat. Nicot schließt dem Jungen mit einem Goldstück den Mund. Bei seinem eigenen Ausschlag hat er weniger Glück, es gibt keine Anzeichen einer Besserung, manchmal scheint es sogar schlimmer zu werden. Aber immerhin ist der Kopfschmerz jetzt unter Kontrolle, er kann ihn regelrecht dosieren, je nach der Häufigkeit der Umschläge. Doch er muss sparsam mit den Blättern sein. Er findet heraus, dass die auf der Nase schneller und effektiver wirken als die auf der Stirn, und er stellt fest, dass die Wirkung noch stärker wird, wenn er die Blätter zerkleinert unter die Nase legt. Schließlich zerstampft er sie zu einer Paste und schmiert sie in die Nasenlöcher. Auf diese Weise gelingt es ihm, den Schmerz zu besiegen. Er berichtet Damian von der Heilung des Jungen und von seinen Selbstexperimenten, über den Ausschlag am Hals schweigt er weiter.

Nach einer Beratung mit Damian beginnt Nicot seinen Werbefeldzug. Er schreibt Briefe an Persönlichkeiten in Frankreich, die Zugang zu Katharina haben, und schwärmt von der Entdeckung einer alles heilenden Pflanze. Er kann von nichts anderem mehr sprechen, und die Blaubebänderte verlässt ihn entnervt. Nicot macht sich ein paar Umschläge mehr und nimmt den Verlust seiner Geliebten mit einer Gelassenheit hin, die ihn selbst überrascht und die Blaubebänderte noch wütender macht. Sie findet, dass sie auf ein wenig Angefleht- und Bestürmtwerden schon Anspruch gehabt hätte. Nicot lässt das so gleichgültig wie seine gescheiterte Heiratsmission. Er ersetzt die Paste durch fein gemahlenes Pulver. Zur Herstellung benutzt er trockene Blätter. Die Wirkung ist überwältigend. Er zieht das Pulver in die Nase und wird glücklich. Glücklich wie die geliebte Leserin und der verehrte Leser, wenn sie dieses Kapitel überstanden haben und endlich wieder … – aber noch ist es nicht soweit.

Am 26. April 1560 schreibt Nicot an Kardinal Franz von Lothringen: „Ich habe ein indianisches Kraut entdeckt, das wunderbare und erprobte Heilkraft besitzt gegen Noli me tangere" – mit dem lateinischen >Rühr mich nicht an< wurden damals Furunkel und Krebsgeschwüre bezeichnet –, „gegen die Fisteln, die bei den Ärzten als unheilbar gelten, und gegen Traurigsein." Ja, das ist das Wichtigste: Ein Kraut gegen das Traurigsein. „Sobald der Samen reif ist", verspricht Nicot dem mächtigen Kardinal, „schicke ich davon an Euren Gärtner in Marmoustier – und auch die Pflanze höchstselbst in einem Fass mit der Anweisung, wie sie zu pflanzen und zu pflegen sei, ganz so, wie ich es mit den Orangenbäumen tat." Wenige Wochen später erfährt Nicot, dass der Bruder des Kardinals, der Grand Prieur, mit einer kleinen Flotte nach Lissabon kommen wird, um die Verstimmungen auszuräumen, die durch die misslungenen Heiratspläne zwischen Frankreich und Portugal entstanden sind. Nicot macht sich Sorgen darüber, was die Ankunft dieses großen Herrn für ihn bedeuten wird. Vielleicht wird er von seinem Posten abberufen? Das wäre das Ende seiner Karriere. Seit Heinrich, und so überraschend schnell auch sein Nachfolger, Franz, gestorben ist, hat Nicot niemanden mehr am Hof, der die Hand über ihn hält. Gegen einen so mächtigen Mann wie den Grand Prieur kann der Sohn eines Notars aus Nîmes nichts ausrichten. Nicot reibt sich viel Pulver in die Nase in diesem Frühsommer vor der Ankunft des Würdenträgers. Im August läuft die Flotte ein. Die Regentin von Portugal genießt die Ehrerbietung des Grand Prieur, denn diese Ehrerbietung ist diejenige der Regentin von Frankreich. Vielleicht könnte man trotz der nicht zustande gekommenen Hochzeit wenigstens gemeinsam etwas gegen die Seeräuber der Elisabeth von England tun. Die Realpolitik verlangt, sich über die diplomatische Verstimmung hinwegzusetzen. Nicots Befürchtungen erweisen sich als grundlos. Sein Status als Botschafter wird nicht angetastet, der Grand Prieur erweist ihm die Ehre, die ihm protokollarisch zusteht, er speist sogar in der Botschaft und lässt sich durch den Garten führen. Nichts macht auf Große so viel Eindruck wie Größe. Das hat Damian gesagt in seiner trockenen Art. Nicot hütet sich, die Bemerkung zu wiederholen, als der Fürst sich von den prachtvollen, mit Samenkörnern behangenen Stauden beeindruckt zeigt. Er beschreibt ihm die Heilkräfte der Pflanze, erzählt ihm von dem Geschwür des Jungen, den er geheilt hat. Den eigenen Ausschlag am Hals erwähnt er wie immer nicht. Wohl aber die Kopfschmerzen. Er hat von den Migräneanfällen Katharinas gehört und von den Beschwerden ihres unmündigen Sohnes Karl, an dessen Stelle sie die Regierungsgeschäfte führt.

Der Grand Prieur, sehr kunstfertig darin, sich leicht abwesend zu geben, als koste ihn der Umgang mit gewöhnlichen Menschen unendliche Mühe, vergisst für einen winzigen Moment die Maske, buchstäblich nur für einen Augenblick. Aber es ist Nicot nicht entgangen. Als Diplomat gehört es zu seiner zweiten Natur, zu erspüren, wann die Aufmerksamkeit eines Mächtigen sich spannt. Er beginnt vorsichtig, seine Symptome zu beschreiben, und als der Grand Prieur keine Ungeduld zeigt, wird Nicot mutiger. Er geht zu seinen verschiedenen Behandlungsmethoden und ihren Wirkungen über, erläutert die Umschläge mit feuchten Blättern, die Experimente mit der Paste, die schockierend schnelle Wirkung des Pulvers. Der Grand Prieur lässt sich von Nicots Begeisterung anstecken und verspricht, Setzlinge, Samen und Pulver, aber auch Rezepturen von Nicot mit nach Frankreich zu nehmen und Katharina von Medici persönlich über die Heilpflanze und ihre Wirkungen zu unterrichten. Nicot triumphiert. Er ist so glücklich, dass sich sein Ausschlag zurückbildet und beinahe ganz verschwindet.

Das wäre eine gute Gelegenheit, um die Blaubebänderte noch einmal ins Spiel zu bringen und eine allerliebste Versöhnung zu bewerkstelligen. Aber auch wenn sich historische Romane gewisse Freiheiten herausnehmen dürfen, sollte das nicht übertrieben werden. Den Historikern ist von einer portugiesischen Eroberung Nicots nichts bekannt. Und wenn ich mich wegen Kretas Liebe zum Blau dazu hinreißen ließ, Nicot eine Affäre zu gönnen, so war ich doch ganz froh darüber, die Dame durch ein Zerwürfnis wieder losgeworden zu sein. Zumal nicht einmal die Szene niedergeschrieben war, in der Nicot und die Blaubebänderte sich kennen lernten.

Nicot kehrte im Jahr 1561 nach Frankreich zurück. Er kämpfte weiter für seine Panazee, zu deren eifrigsten Konsumenten er selbst gehörte, und inzwischen auch Katharina. Die Leidenschaft der Regentin für das Pulver erfüllte Nicot mit Genugtuung, aber auch mit Bitterkeit. In den höheren Kreisen wurde die Pflanze als „L'herbe du Grand Prieur" gerühmt oder gar als „L'herbe Médicée", und gegen beide Bezeichnungen konnte Nicot schlecht protestieren. Das blieb dem schottischen Humanisten George Buchanan überlassen. Dessen lateinisches Spottgedicht gegen die Bezeichnung „L'herbe Médicée" endet mit den Zeilen: „Nectar enim virus fiet, Panacea venenum, Medicea si vocabitur" – „Benannt nach der Medici wird der Nektar zur Jauche, die Panazee zum Gift." Der Hintergrund dieser Schmähung war politisch. Bevor Katharina anstelle ihres Sohnes Karl die Regentschaft angetreten hatte, saß für wenige Monate ihr Sohn Franz auf dem französischen Thron. Dessen Witwe war Maria Stuart, die Frankreich 1561 verließ und durch die diplomatische Vermittlung des Grand Prieur nach Schottland zurückkehrte. Sie heiratete einen schottischen Lord, der ihren Sekretär ermorden ließ und dann selbst ermordet wurde, und zwar von dem Mann, den Maria Stuart als Nächstes heiratete. Es kam zu einem Aufstand des protestantischen Adels gegen die katholische Maria, und die schottische Königin machte den unverzeihlichen Fehler, ausgerechnet zu ihrer Rivalin Elisabeth nach England zu fliehen, in der treuherzigen

Hoffnung, monarchische Kollegialität würde die machtpolitischen Interessenkonflikte überbrücken. Elisabeth ließ zu, dass Maria der Prozess gemacht und der Kopf abgeschlagen wurde. Eines der Mitglieder des Gerichtes war jener George Buchanan, der das Spottgedicht gegen Katharina von Medici, Marias ehemaliger Schwiegermutter, geschrieben hatte.

Welch ein Stoff, welche Verwicklungen, welch opernhaftes Machttheater, in dem das wirkliche Blut nur so sprudelt. Was wäre damit nicht alles zu machen gewesen in einem historischen Roman aus der Seitenperspektive Nicots: Der junge Diplomat und die Kämpfe der mächtigen Frauen. Katharina von Medici in Frankreich, Katharina von Kastilien in Portugal, Elisabeth in England und Maria Stuart erst in Frankreich, dann in Schottland, dann in England. Ein unerhörter Reigen, vielversprechend und sehr gefährlich. Zu gefährlich für mich. Als es darum ging, mich dieser Frauenriege literarisch zu stellen, wurde mir unter den Augen meiner mitlesenden Kreta bewusst, dass ich dieser Aufgabe nicht gewachsen war und auch gar nicht gewachsen sein wollte. Meine Königinnen sind Carmen und Philine, Anne und Paula, Melanie und Kreta.

---- ~

Nicot machte Umschläge aus Blättern oder kaute sie trotz des scheußlichen Geschmacks, um seine Migräne zu lindern. Heute kauen Raucher trotz des scheußlichen Geschmacks Nikotinkaugummis, um den Entzug zu lindern. Nicot warb bei Kardinälen und Königinnen für seine Panazee. Heute erreicht die Tabakreklame, so befehdet sie inzwischen auch sein mag, Millionen und Abermillionen.

Vielleicht erinnern sich die geliebte Leserin und der verehrte Leser noch an die Zeit, als die Welt im Fernsehen schwarz-weiß war und IT die Abkürzung für ›Innentoilette‹: Damals kapriolten gestresste Strich-Männchen über vorgewölbte Bildschirme, bis sie von einer väterlichen Stimme aus dem Off beruhigt wurden – „Halt, mein Lieber, wer wird denn gleich in die Luft gehen“ – und zur Zigarette griffen, nach der erwartungsgemäß alles wie von selbst ging. Später blickten Cowboys in roten Hemden überlebensgroß von den Leinwänden und reichten, nachdem alles getan war, am Lagerfeuer die Schachtel herum, während ein Typ in Beige erst meilenweit gehen musste, bevor er zu seinem Flash kam und dem Kinopublikum das Loch in der Schuhsohle zeigen durfte. Noch später trieben niedliche Kamele ihre niedlichen Faxen, was nicht verhindern konnte, dass die Umsätze der dazugehörigen Zigarette auch immer niedlicher wurden. Die Leute liebten die *Camel*-Werbung im Kino und bevorzugten im wirklichen Leben das Ammoniak der *Marlboro.* War nicht auch das ein Zeichen für den Wertepluralismus der Postmoderne? Solche Fragen konnte man in den 90er Jahren des 20. Jahrhunderts stellen – und sie zeilenreich in den Feuilletons beantworten. Die Kulturjournalisten lernten, sich komplizierte Gedanken über einfache Phänomene zu machen, wie sie es seitdem immer tun, wenn sie promoviert über Leute in Containern schreiben oder über die kurzlebige Popularität von Nussecken. Auch ich, oh ja, auch ich habe mich schuldig gemacht. Meine Leidenschaft blieben die Miniromane der Vermischten, aber ganz wollte ich dem intellektuellen Operettentum des Feuilletons doch nicht entsagen. Ich kam immer dann zum Zug, wenn sich die beiden Platzhirsche des Ressorts nicht gegenseitig zum Zuge kommen lassen wollten. Meine Rolle war die des Küchenjungen, der im Zwist der Meister seinen eigenen Topf auf den Herd stellt.

Die Situation im Verlag war in jener Zeit überhaupt recht angespannt. Die Nichtraucher führten einen Guerillakrieg für ihre Gesundheit und kämpften sich nach und nach an die Macht. Selbst dort, wo sie in der Minderheit waren, nahmen sie das Recht auf rauchfreie Büros in Anspruch, das in jenen Jahren durch mehrere Arbeitsgerichtsurteile gefestigt worden war. Ein einziger Nichtraucher konnte eine ganze Abteilung auf die Balkone schicken. Aber schon bald waren die Raucher nicht nur rechtlich, sondern auch zahlenmäßig unterlegen. Manche nichtrauchenden Kollegen gaben sich tolerant und behaupteten, sie hätte nichts dagegen, wenn die Raucher >ab und zu< eine ansteckten. Was heißt >ab und zu<? Eher geht eine *Camel* durch ein Nadelöhr, als dass sich Nichtraucher und Raucher darauf einigen können, was >ab und zu< bedeutet: Zwei in der Stunde oder zwei am ganzen Tag?

Die Kriegsgewinnler im Zigarettenkampf waren die Gelegenheitsraucher. Normalerweise werden sie von den richtigen Rauchern gefürchtet, nicht nur aus psychologischen, sondern auch aus fiskalischen Gründen. Eine Schachtel enthält nun einmal nur eine bestimmte Anzahl von Zigaretten, mit denen zu haushalten ist. Der Gelegenheitsraucher hat die enervierende Angewohnheit, die Haushaltsplanung des richtigen Rauchers mit der ewig gleichen Frage durcheinander zu bringen: „Hast du mal 'ne Zigarette für mich?“ Wer mag da schon >Ja< sagen? Wer kann da schon >Nein< sagen! Einerseits will man nicht zuständig sein für die kostenlose Grundversorgung der Gelegenheitsraucher. Andererseits will man bei den Kolleginnen und Kollegen nicht als geizig gelten. Die soziale Interaktion zwischen Schnorrer und Beschnorrtem verdient eine tiefgehendere Untersuchung als hier möglich ist, aber so viel steht auch ohne Soziologie fest: Sie treibt die bizarrsten Blüten menschlichen Verhaltens hervor. Ich fand beispielsweise nach längerer Beobachtung eines stark rauchenden Kollegen heraus, dass er stets zwei Packungen mit sich führte. Die eine garantierte seinen eigenen Nachschub, die andere ermöglichte ihm, vor Schnorrern als großzügig dazustehen, ohne je eine Zigarette herausrücken zu müssen. Wurde er um eine gebeten, sagte er „Ja, gerne“, holte die Schachtel heraus und klappte sie auf. Es war immer nur noch eine drin, und er seufzte betrübt: „Oh, meine Letzte.“ Nie darf man einem Raucher die letzte Zigarette abbetteln, das ist ungeschriebenes Gesetz, und zwar eines von jenen ungeschriebenen Gesetzen, an die sich die Menschen mit größerer Zuverlässigkeit halten als an viele geschriebenen. Der Kollege konnte sich mit absoluter Sicherheit darauf verlassen, dass Schnorrer beim Anblick der Letzten in der Schachtel zurückzuckten und sich eifrig für das unannehmbare Angebot bedankten.

Dieser Trick war in seiner bewundernswerten Einfachheit genial, hatte aber noch einen Hintersinn. Selbstverständlich dämmerte den Mehrfachschnorrern mit der Zeit, dass mit dieser unüberwindlichen letzten Zigarette, die so zuverlässig vor ihnen auftauchte wie der Igel vor dem Hasen im Märchen, irgendetwas nicht stimmen konnte. Aber die Tatsache, dass ihnen das auffiel, bewies wiederum die ausdauernde Häufigkeit ihrer Schnorrversuche. So mischte sich die Freude am Durchschauen des Abwehrtricks mit der Scham über die eigene Schnorrerei, und der Kollege mit der ewigen Letzten in der Schachtel wurde fortan von einem Mitraucher weniger behelligt. Es stellte sich übrigens heraus, dass er seit Jahren heimlich davon träumte, mit dem Rauchen aufzuhören, und auch schon mehrere heimliche Versuche gemacht hatte, die allesamt so schnell gescheitert waren, dass niemand sein jeweiliges Aufhören bemerkt hatte. Eines Tages, als ich in einem Zustand entzugsbedingter Aufmerksamkeitsdefizienz diesen Kollegen fragte: „Haste-mal-ne-Kippe?“, hielt er mir die Schachtel mit der Letzten unter die Nase. Ich wurde rot vor Verlegenheit. Aber er lachte mir gutmütig ins Gesicht und sagte: „Na, nun nimm sie schon. Es ist meine Letzte.“ Ich hob die Hände und wehrte erschrocken ab. Er setzte mir auseinander, dass er jetzt, in diesem Augenblick, ein für allemal und immer und ewig mit dem Rauchen aufhören würde, und ich die ehrenvolle Aufgabe hätte, seine letzte Zigarette zu rauchen. Die Idee beeindruckte mich, und ich tat ihm den Gefallen. Er fing tatsächlich nicht wieder an. Er wurde zu einem im ganzen Verlag gefürchteten

Paulus, oder für Leserinnen und Leser formuliert, die nicht bibelfest sind: zu einem großen Kritiker der Elche.

In feindlicher Umwelt macht das Rauchen keinen Spaß, und vielleicht war das der Grund dafür, warum im Verlag mehr und mehr Leute damit aufhörten. In einer Abteilung nach der anderen gewannen die Nichtraucher das Übergewicht und bestimmten nun ganz offen die Richtlinien der Politik. Das erste grundsätzliche Rauchverbot wurde in der Satzabteilung eingeführt.

Bei dieser Gelegenheit kam es zu einer grundsätzlichen Klärung dessen, was unter >grundsätzlich< zu verstehen sei. Es hatte sich herausgestellt, dass es bei der Interpretation dieses heimtückischen Wortes erhebliche Sozialisationsunterschiede zwischen den Kolleginnen und Kollegen aus Westdeutschland und denen aus Ostdeutschland gab. Für die einen galt etwas >grundsätzlich<, wenn es nur grundsätzlich galt und alle möglichen Ausnahmen zugelassen waren. Für die anderen bedeutete >grundsätzlich< nicht nur im Prinzip grundsätzlich, sondern auch in der Praxis, und zwar ausnahmslos.

Nachdem sich in der Satzabteilung eine der beiden Bedeutungen nach heftigen Diskussionen als rechtsgültig durchgesetzt hatte, es obsiegte die Fassung ohne Ausnahme, wurde das Großraumbüro der Setzerinnen und Setzer zur ersten rauchfreien Zone des Verlages erklärt. Sogar die Ressortchefs aus der Redaktion hatten ihre Zigaretten in einem sandgefüllten Blumenkübel auszudrücken, bevor sie hineingehen durften.

Auf die Satzabteilung folgte die Grafik, dann der Vertrieb, dann die Buchhaltung und schließlich sogar die

Anzeigenabteilung, obwohl ihr Chef nicht nur persönlich ein starker Raucher war, sondern sich auch geschäftlich um das Rauchen zu kümmern hatte, das heißt um das Akquirieren der gewinnbringenden Farbanzeigen der Tabakkonzerne, die damals im Fernsehen schon nicht mehr werben durften und zum Ausgleich viel Geld für die in den Printmedien noch erlaubte Reklame ausgaben.

Nachdem Satz, Buchhaltung, Grafik, Vertrieb und Anzeigenabteilung rauchfreies Gebiet geworden waren, blieb nur die Redaktion als Reservat übrig. Auch in der Etage mit den Büros der Geschäftsleitung durfte weiter geraucht werden. Aber sehr praktisch war das für die in Bedrängnis geratenen Raucher der unteren Etagen nicht. Man konnte ja schlecht ins Büro des Geschäftsführers gehen, um schnell mal eine zu ziehen.

In der Redaktion indessen war das möglich. Sie wurde zum zentralen Versammlungsort der aus ihren Territorien vertriebenen Raucher aller anderen Abteilungen. Hier trafen die beiden rauchenden Setzerinnen, die im Grundsätzlichkeitsstreit unterlegen waren, auf den rauchenden Redakteur der Meinungsseite und diskutierten mit ihm über die Kommentare, die sie gerade in die Computer getippt hatten. Wenn die letzte rauchende Kollegin aus der Anzeigenabteilung hinzukam, einen der letzten rauchenden Grafiker im Schlepptau, von dem sie seit Jahren erfolglos angeschmachtet wurde, und dann noch die komplette Honorarbuchhaltung folgte, in der alle drei Angestellten rauchten, und in der trotzdem nicht geraucht werden durfte, weil man sich nicht über das Öffnen der Fenster einigen konnte – wenn so alle Rauchenden in der Redaktion zusammenkamen, reichte es schon fast für eine kleine Betriebsversammlung.

Normalerweise sind die verschiedenen Abteilungen eines Verlages so getrennt voneinander wie indische Kasten. Aber seit die Redaktion zum Exil der Rauchenden aller Abteilungen geworden war, machte sich eine besorgniserregende Neigung zu demokratischen Diskussionen geltend. Eine der beiden nur grundsätzlich grundsätzlichen Setzerinnen bezeichnete die politischen Kommentare des Meinungsredakteurs als „gequirlte" und zog schnell an ihrer Zigarette, um den Ausdruck nicht zu komplettieren. Die untereinander heillos zerstrittenen Honorarbuchhalter, die dennoch stets zu dritt zum Rauchen in die Redaktion kamen, fielen gemeinsam über die neu installierte Sportreporterin her und setzten ihr auseinander, warum Frauen nicht Fußball spielen könnten. Zur Verteidigung der Reporterin eilte der schwule Sportchef herbei. Er war im ganzen Haus, einschließlich der in diesem Punkt ausnahmsweise nicht zerstrittenen Honorarbuchhaltung, überaus beliebt, auch wenn einige der rauchenden Kolleginnen einfach nicht widerstehen konnten, die unnachahmliche Art zu parodieren, wie er mit geknickter Hand die Zigarette hielt. Seine Verteidigung des Frauenfußballs war allerdings wenig überzeugend. Als einer der Buchhalter, der als Lederschwuler galt, etwas zusammenhanglos behauptete, Tunten könnten nicht werfen, eskalierte das Pausengespräch zu einer parlamentarischen Debatte über olympische Gerätschaften wie den Diskus, den Hammer und den Speer, um sich nach einer weiteren Zigarettenrunde, die von der neuen Sportreporterin spendiert worden war, dem Zusammenhang zwischen Homosexualität und Handball zuzuwenden. Der hoffnungslos heterosexuelle Literaturredakteur hätte gern für den schwulen Handball eine Lanze gebrochen, sah sich aber genötigt, den Ausführungen der Kollegin aus der Anzeigenabteilung zu folgen, die gerade den stilistischen Unterschied zwischen Gaby Hauptmann und Hera Lind auseinander setzte, assistiert von dem schmachtenden Grafiker, der weder die Romane der einen noch die der anderen noch überhaupt Romane gelesen hatte. Auch der Literaturredakteur hatte die Romane von Lind und Hauptmann nicht gelesen, hütete sich aber, das zuzugeben. Leserinnen können zu Löwinnen werden, wenn ein Mann ihren Lektürestoff nicht zu würdigen weiß oder gar belächelt. Das gilt auch für die Zeitschriften beim Friseur. Die geliebte Leserin, die den Zusammenhang zwischen Haareschneiden und Yellow Press selbst als konditionierten Reflex ironisiert, wird trotzdem nicht dulden, dass sich der verehrte Leser darüber lustig macht. „Quod licet Jovi, non licet bovi", wie meine lateinische Philine vielleicht gesagt hätte, was Jupiter erlaubt ist, ist dem Ochsen noch lange nicht gestattet, wobei in diesem Fall dem Jupiter die geliebte Leserin entspricht und für den verehrten Leser nur der Ochse übrig bleibt.

Der Literaturredakteur zündete sich erst mal eine an *Bitte rauchen Sie nur, wenn das Signal erscheint* und versuchte, aus dem literarischen Terzett mit der Anzeigenkollegin und dem Grafiker herauszukommen, ohne in den Augen der beiden als arrogant zu erscheinen, aber auch ohne die eigenen ästhetischen Ideale preiszugeben, die, wie er unvorsichtigerweise preisgab, doch ein wenig jenseits von Hera Hauptmann und Gaby Lind positioniert seien. Nach diesem Versprecher ließ er jedoch alle Hoffnung fahren und machte sich keine Illusionen mehr über ein versöhnliches Ende des Literaturgesprächs. Die Anzeigenkollegin sagte:

„Typisch!"

Der Grafiker nickte.

„Warum schreiben Literaturkritiker eigentlich immer nur über Bücher, die kein Mensch liest?"

Der Grafiker nickte.

„Schlechter Service. Ganz! Schlechter! Service!"

Der Grafiker nickte.

„Also, wenn ich Literaturredakteur wäre …"

„… törinnn", verbesserte der Grafiker,

„… dann würde ich …"

In diesem Augenblick kam ihr Chef herein, mit einem hölzernen Zahnstocher im Mund. Was für Lucky Luke, den Cowboy, der schneller als sein Schatten schießt, der Strohhalm ist, seit ihm 1991 von seinem Zeichner die Zigarette weggenommen wurde, das waren für den Anzeigenleiter die Holzstäbchen, seit er von einem Kreativen, der Zigarettenkampagnen organisierte, kuriert worden war – gegen seinen Willen. *Bitte rauchen Sie nur, wenn das Signal erscheint.*

Bevor Rolf zum Nichtraucher und Stäbchenkauer konvertierte, war er ein treuer Anhänger des schrecklichen

*Schwarzen Krauser* (dick gedreht: Kondensat 14 mg, Nikotin 1,2 mg, Kohlenmonoxid: keine Angabe) gewesen, den er bei seinen ununterbrochenen Telefonaten einhändig in die Blättchen drehte. Melanie hätte ihre Freude an ihm gehabt. Und später hatte sie auch ihre Freude an ihm.

Mit seiner Handwerkskunst machte er von einem Tag auf den anderen Schluss, nachdem er bei einem Mittagessen mit dem sehr jungen Kampagnenleiter einer Agentur, die eine neue Zigarettenmarke lancieren sollte, zu hören bekam: „Muss ich Scheiße mögen, um sie an Fliegen zu verkaufen?“ Rolf hat das nie verwunden.

Er gehörte nicht zu den smarten Typen, die mit allen können, wie es von einem Anzeigenleiter eigentlich zu erwarten gewesen wäre. Sein Naturell war eher knurrig, und kleineren Anzeigenkunden vermittelte er das Gefühl, es sei mehr eine Art Gnade als ein Geschäft, wenn er ihnen Platz für Werbung verkaufte. Er liebte die Zeitung, allerdings nicht immer das, was drinstand, und hielt jeden Quadratzentimeter einer Seite für kostbar – eine Schwäche, von der sonst nur Redakteure befallen sind, deren wichtigste Tätigkeit darin besteht, die grundsätzlich (ausnahmslos) viel zu langen Artikel der nach Zeilen bezahlten freien Mitarbeiter zu kürzen. Rolf war der für einen Anzeigenmann recht seltsamen Meinung, Zeitungen seien zum Lesen da, was sie natürlich nicht sind, auch wenn heute keine Fische mehr darin eingewickelt werden. Wenn Rolf einen Kunden in Verdacht hatte, sich einzubilden, mit beliebig viel Geld beliebig viel Platz kaufen zu können, konnte es passieren, dass er sich weigerte, Anzeigen dieses Kunden zu schalten. Darüber kam es immer wieder zu Auseinandersetzungen mit dem Geschäftsführer. Aber Rolfs hervorragende Kontakte zu Großkunden, insbesondere den Großkunden der Zigarettenindustrie, machten ihn in seiner Position unantastbar, beinahe.

Nachdem er sich mit einem dieser Großkunden überworfen hatte, nutzte der Geschäftsführer die Gunst der Stunde und kaufte Rolf mit einer ordentlichen Abfindung zur Tür hinaus. Der Streitpunkt war eine Zigarettenkampagne, die nicht wie gewohnt aus ganzseitigen Anzeigen bestand, sondern aus Rechtecken im Stil einer Zigarettenpackung, die mitten in die Seiten platziert werden sollten, und zwar immer auf die rechten Seiten, denen von Marketingleuten traditionell ein Aufmerksamkeitsvorteil zugeschrieben wird. Für Rolf war Werbung nur Mittel zum Zweck, und der Zweck war die Zeitung. Für seine Kunden war die Zeitung das Mittel zum Zweck, und der Zweck war die Werbung. Die einander widerstreitenden Interessen mussten immer wieder neu ausbalanciert werden. Die Kampagne mit den Schachteln in der Seitenmitte hätte die Balance definitiv zerstört. Die redaktionellen Beiträge wären zum bloßen Werbeumfeld degradiert worden. Rolf wehrte sich, verlor seinen wichtigsten Kunden und verlor seinen Job.

Zu diesem Zeitpunkt gehörte ich der Redaktion nicht mehr an, aber Melanie hielt mich bei unseren regelmäßigen Treffen über Rolfs Kämpfe auf dem Laufenden. Sie hatte ihn durch mich kennen gelernt. Bei einem großen Verlagsfest, auf das sie mich begleitete, weil Kreta wegen einer Klassenfahrt nicht mitkommen konnte, hatte ich sie mit Rolf bekannt gemacht. Der Vorstellung, zwei Menschen zusammenzubringen, die Händchen halten und gleichzeitig mit der freien Hand Zigaretten drehen konnten, war einfach unwiderstehlich. Was würde geschehen, wenn zwei derart monströse Raucher aufeinander trafen?

----~ ----~ ----~ ----~ ----~ ----~ ----~ ----~ ----~

Es geschah überhaupt nichts. Das heißt: Es geschah eine ganze Menge, nur hatte das nicht den geringsten Einfluss auf das Rauchverhalten der beiden. Sie umtänzelten sich ein paar Wochen lang wie Boxer im Ring, dann gaben sie auf einer kleinen Party ihre Verlobung bekannt. Und verlobt sind sie noch immer, und noch immer hat sowohl Rolf als auch Melanie eine eigene Wohnung. Nach meinem Ausscheiden aus der Redaktion sah ich ihn nur noch selten, aber durch Melanie war ich über seine Auseinandersetzungen im Verlag informiert.

Während meiner eigenen Zeit in der Redaktion stand die Tür zu Rolfs Büro immer offen, und alle seine Mitarbeiterinnen, die ebenfalls grundsätzlich weiblichen Azubis eingeschlossen, hatten das Recht, auch ohne Terminvereinbarung jederzeit durch diese Tür zu treten. Es war allerdings ratsam, dieses Recht nur in Anspruch zu nehmen, wenn es nötig war. Wurde er mit Kleinigkeiten behelligt oder mit dem Alltagszank, der nicht ausbleibt, wenn Leute fünf Tage die Woche miteinander verbringen, konnte er äußerst ungemütlich werden. Dann knurrte er nicht mehr, sondern flüsterte, und je leiser er flüsterte, desto lauter brüllte der stumme Zorn in seiner heiseren *Krauser*-Stimme. Kamen seine Leute mit wichtigen Fragen zu ihm, traf er schnelle und sichere Entscheidungen.

Das Verhältnis der richtigen zu den falschen Entscheidungen lag nach allgemeiner Übereinstimmung bei 80 zu 20, was ungewöhnlich hoch war für einen Chef, denn nach allgemeiner Übereinstimmung der Untergebenen aller Firmen überall auf der Welt liegt die Trefferquote von Chefinnen und Chefs eher bei fifty-fifty. Beim Redaktionsleiter Feuilleton wurde die Quote hinter vorgehaltener Hand sogar mit 20 zu 80 angegeben. Aber im Feuilleton macht das nichts.

Wenn Rolf nicht behelligt wurde und in Ruhe seine ewigen Großkundentelefonate führen und dabei seinen *Schwarzen Krauser* drehen konnte, war er ein umgänglicher Mensch. Als ihm die Leute in seiner Abteilung zum 40sten Geburtstag eine Fußmatte schenkten, in die das Wort >Never< eingeflochten war, legte er sie ohne ein Wort zu verlieren vor die stets offen stehende Tür zu seinem Büro, von wo sie erst entfernt wurde, nachdem auch er entfernt worden war. Sein Nachfolger legte eine Matte mit dem Wort >Welcome< in Coca-Cola-Schrift vor die stets geschlossene Tür.

Rolf war fassungslos, dass ihm einer „dieser Werbefuzzis", wie er die Leute titulierte, die sich selbst „Kreative" nennen, so unverhüllt zu verstehen geben konnte, dass er ihn wegen seiner Raucherei für eine scheißefressende Fliege hielt. Er konnte das nicht auf sich sitzen lassen. Vielleicht hatte er eine Idee zu lange über diese Invektive nachgegrübelt und hielt sich nun sogar selbst ein ganz klein wenig für eine scheißefressende Fliege. Raucher haben zwar einen starken Willen, wie sie immer dann beweisen, wenn sie nicht rauchen, neigen jedoch zum Philosophieren, sobald sie an die letzte Zigarette denken. Nach der letzten Zigarette hat das Leben für sie keinen Sinn mehr, und das wissen sie, und deshalb schämen sie sich, und deshalb machen sie sich Vorwürfe, und deshalb lassen sie auf die letzte Zigarette immer wieder eine erste folgen, sobald sich ihr starker Wille ausgetobt hat. Das ist in der Regel am dritten Tag der Fall. Als Rolf mit dem Stäbchen zwischen den Zähnen in die Redaktion kam, hatte er seinen dritten Tag, und seine Laune war auf dem Siede- beziehungsweise auf dem Nullpunkt. Der Zahnstocher tanzte in seinem Mundwinkel während er sprach. Er teilte der Anzeigenkollegin mit, auf ihrem Schreibtisch liege eine Liste, die sie durchtelefonieren möge. Dann fügte er hinzu, dass es ihm nichts ausmache, durchs Haus zu stiefeln und seine Leute zurück an die Schreibtische zu bitten, dass es jedoch praktischer wäre, in der Anzeigenabteilung das Rauchverbot wieder aufzuheben, wenn dadurch die Anwesenheitsquote gesteigert werden könne. Das alles wurde in einem Flüsterton vorgebracht, der von einem Räuspern kaum zu unterscheiden war. Höchste Alarmstufe. Die Kollegin blies ihrem Chef vor Schreck den Rauch ihres letzten Zuges ins Gesicht, reichte die gerade erst angesteckte Zigarette dem Grafiker und machte sich davon. Der Grafiker starrte verzückt auf die Zigarette, kam aber nicht dazu, vom lippenstiftgeschmückten Mundstück ein Küsslein zu stehlen. Rolf hielt ihm ein gekipptes Victory-V unter die Nase, und der Grafiker klemmte gehorsam die brennende Zigarette zwischen Zeige- und Mittelfinger. Sofort führte Rolf die Hand zum Mund, den Zahnstocher hatte er vollkommen vergessen. Dem Grafiker entfuhr ein Lachen. Rolf drückte mit stöhnender Selbstüberwindung die Zigarette aus, ohne daran zu ziehen, und leckte die Blutströpfchen ab, die nach der kleinen Kollision auf seine Lippen getreten waren. Der Grafiker brachte sich in Sicherheit, und Rolf hielt in komischer, zugleich jedoch durch und durch glaubhafter Verzweiflung mit ausgestrecktem Zeigefinger und dem Daumen als Hahn symbolisch den Colt Lucky Lukes an die Schläfe und drückte ab. Am nächsten Tag drehte er beim Telefonieren wie gewohnt den *Krauser* in die Blättchen und tat so, als wäre es nie anders gewesen. Auch seine Mitarbeiterinnen taten so, das war auf jeden Fall das Sicherste.

---- ~

Seit die Redaktion zur Pilgerstätte der Raucher geworden war, wurde die Luft immer dicker – in direkter wie in übertragener Bedeutung. Und immer häufiger kam es vor, dass die dicke Luft in übertragener Bedeutung eine unmittelbare Folge jener in direkter war. Die Nichtraucher in der Redaktion begannen zu rebellieren. In kleinem Maßstab wiederholten sich alle Kämpfe, die auf der Ebene des Verlages insgesamt schon einmal durchgefochten worden waren und mit dem Sieg der Nichtraucher geendet hatten. Die Raucher führten ein zähes Rückzugsgefecht. Sie wurden nach und nach aus den Fluren vertrieben, aus der Kaffeeküche, aus dem Konferenzraum und schließlich aus jedem einzelnen Redaktionszimmer, mit Ausnahme des Zimmers der Musikredakteurin, die eine Nikotineuse im Melanie-Format und einfach nicht zu bezwingen war. Sie nahm die vertriebenen Raucher bei sich auf. Vielleicht war sie im Alter von zehn Jahren als Squaw von den Ratsplätzen der Komantschen ferngehalten worden und feierte nun einen späten Triumph. Ihr recht geräumiges Zimmer war der Pausenhof der Exilierten, in dem stets ein blauer Mantel aus Dunst schwebte, unter dem die Notleidenden Zuflucht suchten wie auf Altarbildern die Gläubigen bei der Schutzmantelmadonna. Die ganze dicke Luft des Verlages zog sich in diesem Zimmer zusammen, in direkter und in übertragener Bedeutung. Manchmal wogten die Gewitterwolken der Empörung, manchmal zogen die Schäfchenwolken der kleinen Indiskretionen zum offenen Fenster hinaus, und immer waren der neueste Klatsch und das allerneueste Geheimnis zu erfahren, das die Raucherinnen und Raucher der verschiedenen Verlagsabteilungen dort zusammentrugen. Selbst Nichtraucher sahen sich mitunter genötigt, zur hausinternen Hintergrundrecherche dieses Zimmer aufzusuchen, nur gerade so geduldet und sehr bald mit irgendeiner zigarettenfletschenden Schachtel konfrontiert, von der sie sich ganz zu recht genötigt sahen, entweder das Angebot anzunehmen *Bitte rauchen Sie nur, wenn das Signal erscheint* oder das Zimmer wieder zu verlassen. *Bitte verlassen Sie das Zimmer.*

In dieser Phase des Zigarettenkrieges machten Fahnenkopien einer Sammelrezension über Rauchentwöhnungsbücher die Runde, mit der unser Redaktionsleiter Feuilleton einen freien Mitarbeiter beauftragt hatte, der Zigaretten nur vom Hörensagen kannte. Die Entscheidung, Bücher über das Aufhören ausgerechnet von jemandem besprechen zu lassen, der nie angefangen hatte, wurde erwartungsgemäß zu den Fehlentscheidungen des Feuilletonchefs gerechnet, der noch dazu einer der ersten in der Redaktion gewesen war, der ins Lager der Nichtraucher gewechselt hatte und seitdem die Musikredakteurin heftig befehdete. Doch was auch immer sein Beweggrund bei dieser Auftragsvergabe gewesen sein mag, sie war nicht nur keine Fehlentscheidung, sondern ein wirklicher Glücksgriff.

## Vierzig Liter Selbstmord täglich

Einem Raucher zu sagen, er soll nicht mehr rauchen, ist das Gleiche, wie einem Frosch zu sagen, er soll kein Frosch mehr sein. Ich bin kein Raucher. Wie man sich eines nach dem anderen von diesen Dingern in den Mund stecken kann, wird mir immer ein Rätsel bleiben. In meinem ganzen Leben gab es nur eine Phase, in der ich versucht war, mit dem Rauchen anzufangen. Das war, nachdem ich den Auftrag angenommen hatte, ein Dutzend Ratgeber zu analysieren, die so tun, als könnten sie Rauchern helfen, mit dem Rauchen aufzuhören. Nie war ich dem Verlangen nach einer Zigarette näher.

Die Autorinnen und Autoren dieser Ratgeber vertreten alle möglichen Heilsrichtungen: Psychoanalytisches Voodoo, Neurolinguistisches Programmieren, Verhaltenstherapeutisches Selbstüberlisten. Dazu kommt hier ein Quentchen Qi Gong, dort ein Schuss Yoga. Weisheiten dieser Art sind besonders gängig. Billigimporte aus Fernost, zurechtgestutzt auf die Alltagsbedürfnisse des westlichen Funktionsmenschen. Im Berufsleben anpassungsfähig, effektiv und karriereorientiert, nach Feierabend gelassen wie ein buddhistischer Mönch. Wann erscheint endlich der ultimative Aufhörer: „Nie mehr rauchen mit dem Dalai Lama"? Lächeln, und immer schön die Hände falten. Dann kann man keine Zigarette halten.

Ausnahmslos alle Ratgeberschreiber bekennen, sie hätten bis zum Tag ihrer Erleuchtung und Erlösung stark geraucht. Einer brüstet sich damit, nach ganzen Serien vergeblicher Aufhörversuche bei einem Quantum von 100 Zigaretten pro Tag gelandet zu sein. Der Bock macht sich zum Gärtner. Ich frage mich, warum Leute, die zwanzig Jahre lang täglich zwanzig oder mehr Zigaretten geraucht haben, davon überzeugt sind, anderen Leuten das Rauchen in zwanzig Tagen abgewöhnen zu können. Und ich frage mich auch, was Leute, die abgesehen von ihrem spießigen kleinen Laster ganz vernünftig sind, dazu bringt, Bücher von Rauchern zu kaufen, die einem das Nichtrauchen erklären. Wenn man zwanzig Jahre braucht, um zu lernen, wie man einen Nagel gerade in die Wand schlägt, schreibt man dann, wenn man es endlich begriffen hat, ein Buch darüber, wie man Autos repariert? Und würden Leute mit einem kaputten Auto ein solches Buch kaufen?

Aber die persönliche Betroffenheit! Die intime Kenntnis des Kicks! Die Qual, aufhören zu wollen und nicht zu können! Das alles muss man selbst erlebt haben, um einen authentischen Ratgeber zu schreiben? Also muss der Arzt, der ein Raucherbein amputiert, auf Krücken in den Operationssaal humpeln. À propos Raucherbein: Die Symptome der Gefäßsklerose wurden zuerst von einem österreichischen Internisten beschrieben: Franz Ferdinand Raucher, 1864–1930. Die Gefäßsklerose macht weder vor Ihnen noch vor Philosophen halt. Simone de Beauvoir schildert in *Abschied von Sartre* die Ermahnungen eines Arztes: „Sartre könne seine Beine nur retten, wenn er dem Tabak entsage. Wenn er nicht mehr rauche, könne sein Zustand sich bedeutend bessern, und er dürfe mit einem ruhigen Leben im Alter und einem normalen Tod rechnen. Sonst würde man ihm erst die Zehen amputieren müssen, dann die Füße und schließlich die Beine. Sartre schien beeindruckt zu sein." Aber er hatte keine Wahl und rauchte weiter.

Jeder Ratgeber braucht Dutzende von Seiten, um Rauchern zu erklären, wie Nichtrauchen geht. Dabei ist Nichtrauchen ganz einfach: nicht rauchen. Und jedes dieser Bücher verspricht im Untertitel eine ganz besondere, einmalige, unfehlbare, noch nie da gewesene Methode. Eines verspricht gute Laune, das andere kampflose Siege, ein drittes leichten Ausstieg, ein viertes dauerhaften Erfolg und ein fünftes den einfachen Weg aus der Sucht. All diesen Marktschreiern und Wunderheilern ist eines gemeinsam: die panische Angst vor der nächsten Zigarette.

Einige Bücher mahnen: Seien Sie standhaft, vor allem am dritten Tag, lenken Sie sich ab. Andere empfehlen: Seien Sie nachgiebig, vor allem am dritten Tag, sprechen Sie mit ihrem inneren Kind. Die vom ersten Typ sagen: Wenn Sie standhaft bleiben und das innere Ungeheuer in die Höhle treiben, werden Sie auch am dritten Tag nicht rauchen. Die vom zweiten Typ versprechen: Wenn Sie nachgiebig sind und ihr inneres Kind streicheln, werden Sie am dritten Tag nicht rauchen. Eine Mischform rät: Seien Sie standhaft, verwöhnen Sie sich und denken Sie einfach nicht mehr dran. In Wahrheit ist alles viel einfacher: Wer am dritten Tag nicht raucht, raucht am dritten Tag nicht.
Als Mittel gegen die Suchtattacken empfiehlt ausnahmslos jedes dieser Bücher Obst, Gemüse und Sport. Darauf wäre man von selbst gar nicht gekommen. Ich sehe förmlich vor mir, wie Scharen von Raucherinnen und Rauchern sich an die Stirn schlagen, die Zigaretten fortwerfen, die Joggingschuhe schnüren und zum Obst- und Gemüsestand rennen. Nach einem so trefflichen Rat können sie gar nicht anders, als ihrem Aschenputteldasein auf der Stelle zu entfliehen und fürderhin gesund zu leben. Am Obststand angekommen, hat das neue Glücksgefühl schon wieder etwas nachgelassen. Japsend kaufen sie eine Tüte Obst und eine Tüte Gemüse, schlurfen nach Hause und legen deprimiert die Tüten auf den Küchentisch. Sport ist anstrengend, Gemüse muss man putzen, Obst ent-

hält weder Nikotin noch Ammoniak und bringt keinen Flash. Einem Nikotinsüchtigen zu sagen, er soll einen Apfel essen, statt eine Zigarette zu rauchen, ist ungefähr so hilfreich wie die Empfehlung an einen Alkoholiker, Wasser zu trinken, wenn er trocken bleiben will.

Wie viel Mühe die einzelnen Bücher auch aufwenden mögen, sich voneinander zu unterscheiden, in einem sind sie alle gleich: Es regnet Versprechungen. Der Atem wird tief und sauber, der Mundgeruch verschwindet, die Geschmacksknospen blühen auf, die Welt füllt sich mit Düften an. Alle sinnlichen Genüsse werden viel intensiver erlebt, sogar Sex nach der Silbernen Hochzeit wird wieder frisch wie am ersten Tag. Das trügerischste Versprechen von allen ist: Wenn Sie aufhören zu rauchen, werden Sie anfangen, ungenutzte Potentiale auszuschöpfen. Die Energie, die Sie jetzt mit der Zigarette im Mund verbrennen, wird Ihrem Leben und Ihrer Leistung zu gute kommen. Aber vielleicht gibt es überhaupt keine Potentiale, die ungenutzt sind. Oder Sie können mit zusätzlicher Energie gar nichts anfangen und haben Angst vor ihr. Vielleicht rauchen Sie nur, um sich sagen zu können: Wenn ich aufhören würde, käme meine verborgene Größe zum Vorschein. Natürlich rauchen Sie weiter, denn Sie scheuen die Erfahrung, dass nichts Verborgenes zum Vorschein kommt, weil es nichts Verborgenes gibt. Solange Sie rauchen, können Sie sich einreden: Die Zigarette ist schuld, dass ich nicht

mehr aus meinem Leben gemacht habe. Aber wer ist daran schuld, wenn Sie nicht mehr rauchen?
Das Design der Ratgeber ist unterschiedlich, doch es wimmelt vor zerknickten Zigaretten und zerdrückten Schachteln. Wenn die Bücher innen illustriert sind und diese Illustrationen Menschen zeigen, sind sie immer gut aussehend, jung, schlank, mit schimmernder Haut und strahlenden Augen. Die glücklichen, obstessenden Nichtraucher in den Ratgebern sehen genau so aus wie die fröhlichen, strahlenden Raucher, mit denen die Tabakindustrie ihre Marken bewirbt.
Ganz gleich, wie jeweils die Botschaft vermittelt wird, ihr Appellcharakter bleibt stets erhalten: Rauchen macht süchtig – rauchen Sie nicht! Rauchen macht krank – rauchen Sie nicht! Rauchen kostet ein Vermögen – rauchen Sie nicht! Rauchen stinkt – rauchen Sie nicht!
Sie sind beim Lesen ganz zerknirscht. Danach stinken Sie weiter, geben weiter ein Vermögen aus, machen sich weiter krank und rauchen weiter. Oder schnupfen, oder kauen Nikotinkaugummis. Ekelhaft. Madame de Staël hat gesagt: „Wer Toback raucht, riecht wie ein Schwein; wer Toback schnupft, sieht aus wie ein Schwein; und wer Toback kaut, ist ein Schwein."
Das Problem bei all diesen Rauchentwöhnungsbüchern besteht darin: Wer zum Aufhören Bücher braucht, dem kann keines mehr helfen. Das ist wie mit der Literatur und dem Leben. Das Leben ist das

Leben und ein Buch ist ein Buch. Und Sie sind eben Sie – da kann man nichts machen.
Auf der Rückseite von einem dieser Bücher steht: „Ohne Rauch geht's auch!" Oh nein, nicht bei Ihnen. Vergessen Sie es. Sparen Sie sich beim nächsten Jahreswechsel Ihre guten Vorsätze. Genau so gut könnten Sie versprechen, nicht mehr zu atmen. Rauchen Sie, und hören Sie um Himmels willen endlich auf, aufzuhören. Tun Sie Ihren nichtrauchenden Mitmenschen nur den Gefallen und verduften Sie, bevor es anfängt zu stinken.
Seit geraucht wird, werden Bücher gegen das Rauchen geschrieben: „Diese stinkende Wollustbegierde", ereifert sich der Jesuitenpater Jakob Balde über die Raucher, „ist bey ihnen in Platz der Vernunfft getretten. Sagt ihnen süss oder sauer vor: es wird soviel seyn als hättet ihr mit stummen Mäusen und tauben Mauern geredet." Seine „Straffrede wider den Mißbrauch des Tabacks" erschien 1658 unter dem Titel *Die truckene Trunkenheit* in Nürnberg. Der gute Pater schimpft nicht nur, er hat auch Mitleid. Wahrscheinlich hat er wie die Rauchentwöhnungsschriftsteller unserer Tage selbst geraucht, bevor er bekehrt wurde und dem Tabakteufel abschwor. Die Raucher, meint er, seien „zu betrauren, dass sie von einer so elenden Wollust bezaubert worden, von deren sie nichts als Rauch, Gestank, Schmutz, Unflat, Schand und Schaden haben. Der Rauch verfinstert ihr gutes Gerüchte. Der Gestank macht ihr Lob stinkend, und

dass jedermann vor ihnen fliehet und die Nase zuhält." Da hat er aber Recht, der Pater Balde. Wenn sich in der U-Bahn ein Raucher neben einen setzt, kann man nichts anderes tun, als den Platz zu räumen. Eigentlich sollte man es den Leuten sagen: He, Sie da, Sie stinken.

Zigaretten sind gespeichertes Gift in fester Form, das sich beim Erhitzen in Rauch auflöst. Jede Zigarette speichert zwei Liter, eine Schachtel annähernd vierzig Liter, eine Stange vierhundert Liter. Der Durchschnittsraucher macht täglich eine Schachtel leer, die Durchschnittsraucherin etwas weniger. Vierzig Liter Selbstmord am Tag bei einer Schachtel im Schnitt ergeben übers Jahr 14.600 Liter. Sagen Sie mal: Haben Sie noch alle Tassen im Schrank? Zusammen mit den anderen Nikotinsüchtigen in Deutschland verwandeln Sie täglich 400 Millionen Zigaretten in 800 Millionen Liter Rauch. Und Sie glauben wirklich, dass Bücherlesen weiterhilft?

---- ~

---- ~

Dieser Artikel wurde bereits vor seiner Veröffentlichung im Zimmer der Musikredakteurin herumgereicht, wanderte in verschiedenen Fahnenkopien durch alle Abteilungen des Verlages und löste in der Redaktion einen Diskussionsbürgerkrieg aus, der sich von Konferenz zu Konferenz ausbreitete. Neben den großen Redaktionsversammlungen wurden ad hoc Stehkonferenzen abgehalten, auf die Sitzungen folgten, deren Ergebnislosigkeit durch eine Sondersitzung im kleineren Kreis wettgemacht werden sollte, was empörte Flurdebatten über autoritären Führungsstil hervorrief, die nur durch eine Betriebsversammlung wieder einzudämmen waren.

Die verschiedenen Lager sortierten sich keineswegs nach Rauchern und Nichtrauchern. Die Frage, ob ein solcher Text gedruckt werden sollte, berührte verschiedene Interessen, und so gab es nicht nur zwei, sondern eher drei oder vier Lager, dazu kamen noch kleinere Heerhaufen und versprengte Freischärler, die zwischen den Linien lavierten und deren Wortmeldungen sich durch kunstvolles Vermeiden jeder Übereinstimmung mit welcher anderen Position auch immer auszeichneten.

Die Musikredakteurin prangerte den Text als >menschenverachtend< an und hängte vergrößerte Kopien mit roten Unterstreichungen und vielen Ausrufezeichen an die Wand im Redaktionsflur. Der Feuilletonchef drohte ihr wegen der >Störung des Betriebsfriedens< mit einer Abmahnung, der Literaturredakteur zog sich in den Elfenbeinturm zurück und behauptete, nur für die Beurteilung ästhetischer Texte kompetent zu sein, der schwule Sportchef suchte zu vermitteln. Rolf behauptete, er habe als Anzeigenleiter mit dem innerredaktionellen Streit nichts zu tun, obwohl jeder wusste, dass ein Wort von ihm die Veröffentlichung des Textes verhindern würde, falls er der Meinung war, er könnte die Werbekunden der Tabakindustrie verprellen. Der Chefredakteur wiederum, ein Zigarren rauchendes Ungeheuer, das alle Klischees des cholerischen Zeitungsmachers übererfüllte, bestellte zuerst den Feuilletonchef zu sich, um ihm zu sagen: „In diesem Haus gibt es nur einen, der abmahnt, und das bin ich." Genau genommen sagte er das nicht, sondern brüllte es, dass es durch die geschlossenen Türen in der ganzen Redaktion zu hören war. Dann ließ er die Musikredakteurin kommen und mahnte sie ab, wiederum so laut, dass es durch die geschlossenen Türen in der ganzen Redaktion zu hören war. Sie kam kreidebleich aus dem Zimmer, bewies jedoch Haltung und wandte sich an den Betriebsrat. Der Betriebsrat drohte dem Chefredakteur mit einer arbeitsgerichtlichen Überprüfung der Abmahnung, und der Chefredakteur zog sie brüllend zurück. Dann bestellte er den Feuilletonchef und die Musikredakteurin erneut zu sich, ordnete die Veröffentlichung des Textes an und beauftragte mit der Betreuung die Musikredakteurin, vielleicht in der Hoffnung, sie in die Arbeitsverweigerung zu treiben und so doch noch zu einer Abmahnung zu kommen.

Die Auseinandersetzung drang schließlich bis zur Geschäftsleitung vor. Der Geschäftsführer weigerte sich, einzugreifen. Er war der Auffassung, dass man Chefredakteure nicht führen, sondern nur feuern könne, und dafür gebe es keinen Anlass, solange die Auflage steige, auch wenn das brüllend geschehe. Da schlug die Stunde des Herausgebers. Er wurde sich seiner bundespräsidialen Fähigkeiten bewusst und schwebte alles verstehend durch sämtliche Abteilungen des Verlages, lobte die Mitarbeiterinnen und Mitarbeiter, blieb so lange im Büro des Chefredakteurs, bis auf dem Flur kein Geschrei mehr zu hören war und die Chefsekretärin grinsend bekannte, dass ihr Boss nachgiebig wurde, wenn er sich erst einmal matt gebrüllt hatte. Der Herausgeber zog die Betreuung des Textes höchstpersönlich an sich, der Chefredakteur gab sich zufrieden, die Musikredakteurin war erleichtert, und der Feuilletonchef wurde mit Komplimenten für seine originelle Idee beruhigt, Rauchentwöhnungsbücher von einem Nichtraucher rezensieren zu lassen. Nachdem so der Rechtsfriede wiederhergestellt war, erschien der Text in einer vom Herausgeber redigierten Fassung, deren Besonderheit darin bestand, vom Herausgeber nicht redigiert worden zu sein. Danach folgte ein Tsunami an Leserbriefen. Die ganze Bandbreite der in einem solchen Fall möglichen Meinungen war vertreten. Die Auswahl der abgedruckten Briefe wurde jedoch unter sorgfältiger Berücksichtigung des Meinungsproporzes im Verlag getroffen, und das alles in allem gute Betriebsklima war soweit wieder hergestellt, dass darüber diskutiert werden konnte, ob das Rauchverbot auf den Eingangsbereich des Verlagshauses ausgedehnt und künftig auch für die Kunden gelten sollte, die dort den Text für Kleinanzeigen in Formulare malten oder ihre Chiffre-Post abholten.

Über all diese Kämpfe hielt ich Kreta auf dem Laufenden. Sie genoss diese Berichte sehr, besonders meine Sittenschilderung der Redaktionskonferenzen, die sie offenbar für eine besonders strapaziöse Art von Lehrerkonferenz hielt. Manchmal schmückte ich die wahren Begebenheiten ein wenig aus, setzte hier eine Pointe, die von der ignoranten Wirklichkeit ausgelassen worden war, oder fügte dort ein Spannungselement hinzu, für das es im gelebten Leben gar keine Zeit gegeben hätte. So erheiterte ich meine Frau und stimmte sie mild, bevor ich es wagte, ihr neue Seiten meines Romans in den Schoß zu legen.

## Die dritte Mission des Jean Nicot

Wenn das Wetter umschlägt, kommt der Kopfschmerz zurück, und Nicot muss die Dosis erhöhen. Er zieht das fein gemahlene Pulver die Nase hoch und kaut auf gefalteten Blättern herum. Seine Hände zittern. Er legt die Feder beiseite, lehnt sich zurück, schließt die Augen. Er ist alt geworden. Und die Zeiten haben sich geändert. Katharina von Medici, bis zuletzt die treueste und eifrigste Anhängerin der Wunderpflanze, ist vor fünfzehn Jahren gestorben. In Frankreich ist Heinrich IV. an der Macht, ein Bourbone. Er wurde für den Thron katholisch. „Paris ist eine Messe wert", soll er gesagt haben. In Spanien herrscht Philipp III., und seit 1580 tragen die spanischen Könige auch die Krone von Portugal. Wenn Anfang der 60er die Hochzeit zustande gekommen wäre, Nicot schüttelt den Kopf, streckt die Hände von sich und schaut mit zusammengekniffenen Augen dem Zittern zu, hätte Frankreich die Doppelmonarchie verhindern können. In England sitzt seit ein paar Monaten der Sohn von Maria Stuart auf dem Thron, ausgerechnet. Die schreckliche Elisabeth ist nach fünfundvierzigjähriger Herrschaft im letzten Jahr gestorben, ohne einen Thronfolger zu hinterlassen. Sie sei bei ihrem Tod so jungfräulich gewesen wie bei ihrer Geburt, heißt es. Nicot hat ganz andere Geschichten gehört. Trotzdem trägt die Kolonie, die Elisabeths Korsar Walter Raleigh gegründet hat, nach der monarchischen Jungfräulichkeit den Namen Virginia. Dabei soll Raleigh selbst mit der Königin … – aber das kann niemand beweisen. Sicher dagegen ist, dass er unentwegt aus Mund und Nase dampft wie ein Drache. Angeblich sogar im Tower, in dem Jakob I. ihn seit Elisabeths Tod festhalten lässt. Auf Nicots Schreibtisch steht ein unten abgeflachtes Tontönnchen mit Mundstück. Ein Freund hat es ihm aus England mitgebracht. Dort wird es ›Elisabethpfeife‹ genannt. Die Engländer füllen die Pfeife mit getrockneten und geschnittenen Blättern der weiß blühenden Pflanze, zünden sie an und saugen den Rauch ein, der beim Verbrennen entsteht. Was für eine Verschwendung. Sie zünden die Blätter an! Nicot ahnt nicht, dass König Jakob an einer lateinischen Schrift gegen das Verbrennen von Tabak arbeitet: „Die Gewohnheit des Rauchens ist abscheulich für das Auge, abstoßend für die Nase, gefährlich für das Hirn, schädlich für die Lunge und verbreitet um den Raucher herum Dämpfe, die so pestilenzialisch sind wie jene, die aus der Hölle aufsteigen.“ Das könnte, von der Hölle abgesehen, von den EU-Gesundheitsministern stammen. Wenigstens lassen sie Raucher nicht köpfen, wie es König Jakob 1618 mit Raleigh macht. Von all dem kann Nicot nichts wissen, als er im Mai 1604 fröstelnd in der Stube sitzt und wieder zur Feder greift, nachdem sich seine zitternden Hände beruhigt haben. Er tunkt den Kiel in Tinte, führt ihn über das Blatt, unterwegs ein paar Tröpfchen verlierend, und beugt sich tief über das Pult. Seine Augen sind schlecht geworden in der letzten Zeit, die Worte verschwimmen, die Welt verschwimmt, die Zukunft verschwimmt. Die Müdigkeit leert ihn aus, so kommt es ihm vor, und in seinen Ohren rauscht es wie am Meeresstrand. Manchmal denkt er an Lissabon, an die Nacht in der Kartenkammer, an das Scharren des Riegels. Das gestohlene Wissen wurde ihm nie abverlangt, weder vom Grand Prieur noch später von der Medici, als er nach Paris zurückgekehrt war. Und an die Blaubebänderte denkt Nicot, stellt sie sich vor, in allen Einzelheiten, merkwürdig, wie genau man sich an gewisse Einzelheiten erinnert, umso genauer, je seltener man sie zu Gesicht bekommen hat. Die Umrisse der Kontinente auf den Karten und die Lage der Muttermale auf der Haut seiner Geliebten kann er noch immer exakt bestimmen. Die Muttermale hat er mit Küssen auswendig gelernt. Wie war es damals nur zum Streit gekommen, zu diesem furiosen Auftritt im Garten der Botschaft? Nicot weiß es nicht mehr, aber wenn er die Augen schließt, sieht er die Bänder flattern, während sie ihm entgegenstürmt mit erhitzten Wangen und Feuer in den Kohleaugen. War es nicht Mai gewesen wie jetzt? Der Saft tropft von den Bäumen, die Sonne steht groß, gelb und warm am Himmel. Nicot ist trotzdem kalt. Die vorderen Fingerglieder sind blutleer, seine Füße fühlen sich an wie abgestorben. Er schnaubt ärgerlich durch die Nase, herausgepustete Tabakkrümel fallen aufs Papier. Sie sehen aus wie die letzten Körner Streusand aus einer leeren Dose. Er muss sich zusammenreißen. Die Wörter, er muss noch so viele Wörter niederschreiben. Er legt die Feder auf ein Löschblatt, greift nach dem Beutel mit dem Tabakpulver. Die Engländer verbrennen die kostbaren Blätter! Wieder schüttelt Nicot den Kopf. Er zieht das Pulver die Nase hoch und kratzt sich bedächtig am Hals. Er trägt schon lange keine Krause mehr, nur noch ein Tuch, unter dem die roten Stellen des Ausschlags hervorschimmern, wenn es verrutscht. Seit Jahrzehnten sammelt Nicot nun schon Wörter. Vor über dreißig Jahren hat er mit Jacques Dupuys das *Dictionaire françois-latin d'Estienne* herausgegeben. Er hat seitdem nicht aufgehört zu sammeln. Wörter, Wörter, Wörter. Ein Wort für ›rauchen‹ ist nicht dabei, ›fumer‹ wird nur in der Bedeutung von ›räuchern‹ angeführt. Es gibt noch keinen französischen Ausdruck für die merkwürdige Art der Engländer, in Tontöpfchen die kostbaren Blätter zu verbrennen und durch ein Mundstück den Rauch einzusaugen. Nicot hätte ein solches Wort aufgeschrieben, er schreibt alle Wörter auf. Nicotiane zum Beispiel, das Wort für die Heilpflanze, die Panazee, das Kraut gegen die Traurigkeit. Der Namensschmuck ist keine Anmaßung Nicots. 1570 hatten die Brüder Charles-Étienne Liebault und Jean Liebault in ihrem Lehrbuch *L'agriculture et la maison rustique* die Tabakpflanze als ›Nicotiana‹ bezeichnet, um dem „premier inventeur de cette herbe", dem ersten Entdecker dieses Krauts die Ehre zu erweisen. Aber erst im 18. Jahrhundert wird der schwedische Botaniker und Naturforscher Carl von Linné in seinem *System der Natur* den Namen Nicots endgültig mit dem Tabak verknüpfen. Linné glaubte wie Nicot an die Heilkraft der Pflanze und fügte sie als ›Nicotiana tabacum‹ in sein Klassifikationssystem. Einige Jahrzehnte später wird der Name unauflöslich verknüpft mit einem der stärksten pflanzlichen Gifte, die je analysiert worden sind. Das Gift wird in den Wurzeln gebildet und lagert sich in den Blättern ab. Die für den Menschen tödliche Dosis liegt zwischen vierzig und sechzig Milligramm. 1827 machen sich der Chemiker Ludwig Posselt und der Mediziner Christian Wilhelm Reimann an der Universität Heidelberg daran, das Gift der Nicotiana zu isolieren. Die Tabakpflanzen, die sie für ihre Analysen benötigen, stammen von kurpfälzischen Feldern. In dieser Region wird noch heute Tabak angebaut. Ein Teil der Mischung von Kretas *Roth-Händle* stammt von badischen Pflanzungen. Kreta lässt das gleichgültig: „Muss ich die chemische Formel von Koffein wissen, um mit Genuss eine Tasse Kaffee zu trinken?" Mit den Zigaretten ist es ebenso. Ich mag auf die chemische Formel des Nikotins trotzdem nicht verzichten: $C_{10}H_{14}N_2$. Sie wurde erst 1843 von dem Brüsseler Chemiker Louis Henri Frédéric Melsens ermittelt, fünfzehn Jahre nachdem Posselt und Reimann in Heidelberg die Resultate ihrer Forschungen in einer lateinisch abgefassten Schrift niedergelegt und das Gift der Tabakpflanze als >Nikotin< bezeichnet hatten. Aus Nicots Panazee war ein gefährliches Kraut geworden.

In seiner Jugend hatte Jean Nicot de Villemain mit Leidenschaft die Dinge gesammelt, die portugiesische Seefahrer über die Meere brachten. Nun hortet und hütet er den großen Schatz der französischen Sprache. Er umzingelt die Wörter, hält sie fest mit den raschen Bewegungen seiner rechten Hand, bannt sie aufs Papier. Achtzehntausend Artikel sind zusammengekommen, in denen die Wörter und ihre Bedeutungen beschrieben werden, die Veränderung dieser Bedeutungen, die Herkunft der Wörter und ihre Verwendung. Die Texte sind alle nach dem gleichen Schema aufgebaut. Der wissenschaftliche Wörterbuchartikel der französischen Sprache ist eine Schöpfung Nicots. Die Weißblühende stärkt ihn bei seiner seltsamen Arbeit, tröstet ihn, hält ihn wach mit dem Geheimnis ihrer Kraft. Sie macht ihn zäh und ausdauernd. Dann bringt sie ihn um. Ein schrecklicher Schmerz schießt ihm durch den Leib. Nicot zuckt zusammen, krümmt sich, zerdrückt die Feder auf dem Papier und lässt sie zu Boden fallen. Sein Herz beginnt zu rasen, der Schweiß bricht aus, Speichel schießt in den Mund. Eisig liegen die Lider auf den Augäpfeln. Die Brust wird eng. Ihm ist, als stürze die Lunge nach innen. Er ringt nach Luft, reißt mit flatternden Händen das Tuch vom Hals. Er will vom Stuhl aufspringen und stürzt nach hinten.

Jean Nicot ist vierundsiebzig Jahre alt, als der Tod die dritte Mission abbricht. Nicot hinterlässt achtzehntausend Artikel, aber die Arbeit ist nicht vollendet. Dennoch erscheint 1606, zwei Jahre nachdem ihm die Feder aus der Hand gefallen war, der *Thresor de la langue françoyse tant ancienne que moderne* – „Der französische Sprachschatz von alters her bis in unsere Zeit“. Dann wird Nicot vergessen. Ein unbedeutender Diplomat mit einem Tick für Tabakpflanzen und Wörter.

---- ~

Nicht lange nach dem Wirbel um die Nichtraucherrezension machte mir der Feuilletonchef das Angebot, vom Vermischten in sein Ressort zu wechseln. Er hatte dem Literaturredakteur, der sich für >ausgebrannt< hielt, einen sechsmonatigen Sonderurlaub bewilligt, unbezahlt versteht sich, und ihm das Versprechen abgenommen, in dieser Zeit möglichst wenig Romane zu lesen und möglichst viel fernzusehen. Die einzige Auflage des Feuilletonchefs bestand darin, dass der Literaturredakteur seine TV-Erfahrungen nach der Rückkehr in einem großen Artikel zusammenfassen sollte. Offenbar erhoffte sich der Feuilletonchef von der Idee, einen Literaturkritiker übers Fernsehen schreiben zu lassen, einen ähnlichen Überraschungserfolg wie von der Rezension der Rauchentwöhnungsbücher durch einen Nichtraucher. Aber das Kalkül ging nicht auf. Die „Televisionen", wie der Literaturredakteur seinen Artikel uninspiriert betitelte, waren dermaßen visionslos, dass sie zwar höflich auf die Tagesordnung einer Themenkonferenz gesetzt und sogar ein wenig diskutiert wurden, aber nie den Weg ins Blatt fanden. Darüber schien der Literaturredakteur recht erleichtert zu sein. Ich habe mit ihm nie über seine „Televisionen" gesprochen, aber ich vermute, es war ihm peinlich, dass ihm das Fernsehen besser gefallen hatte, als es sich für einen kultivierten Menschen gehört.

Meine Erfahrungen als literarischer Halbjahresvertreter waren nicht sehr aufregend. Ich telefonierte mit den immer sehr netten Pressedamen der Verlage über Neuerscheinungen, bestellte Rezensionsexemplare, verteilte sie an die Kritiker, erinnerte die Kritiker an die Abgabetermine, redigierte und kürzte ihre Texte und schickte nach der Veröffentlichung Belege an die immer sehr netten Pressedamen der Verlage und bestellte neue Rezensionsexemplare. Ich drehte auf dem Karussell nur eine

Runde, aber es war so langweilig, dass ich mich nach der Rückkehr ins Vermischte sehnte. Ich freute mich auf die Kapriolen zwischen Fiktion und Wirklichkeit, die von den Agenturen übermittelt wurden und die ich in Romane verwandelte, die so kurz waren, dass sie auf Zigarettenschachteln Platz gefunden hätten. Aber auch nach meiner Rückkehr ins angestammte Revier wollte es mir nicht gelingen, die Mattigkeit abzustreifen, die in mich gekrochen war. Von nun an plagten mich die Mühen der Ebene, und die Ebene, die vor mir lag, ging bis zum Horizont. Schon vor meinem Ausflug in die Literaturkritik hatte ich meine Aufgaben mit Routine erledigt, das bleibt nicht aus, wenn man längere Zeit das Gleiche tut. Aber ich hatte dieses routinierte Arbeiten stets als Erholung zwischen den Ausnahmesituationen wahrgenommen, die zu Tastentänzen im Adrenalinglück führten. Beispielsweise wenn über frei pinkelnde Herzöge oder stinkfingrige Fußballspieler zu schreiben war, die Niederungen des Lebens in prominenter Gestalt. Inzwischen jedoch hatte ich so viele Zyklen zwischen Routine und Ausnahme erlebt, dass die Ausnahmen selbst Routine geworden waren. Ich machte meinen Job. Sogar die Zigaretten, die ich nach dem in der Redaktion durchgesetzten Rauchverbot ausnahmsweise aus der Schachtel holte, weil ich glaubte, nicht auf sie verzichten zu wollen, selbst wenn ich könnte, schmeckten routiniert ---- ~. Wehmütig dachte ich an den Drive der ersten Jahre, als ich den Journalismus noch für eine aufregende Sache gehalten hatte, und fing an, nach dem Sinn des Lebens zu fragen.

Das ist immer ein schlechtes Zeichen. Erst fragte ich mich, und als ich von mir keine Antwort bekam, fragte ich Kreta. „Es sieht ganz danach aus“, sagte sie, „als würdest du dich auf eine midlife-crisis vorbereiten – dachte eigentlich, so was gibt es gar nicht mehr.“ Sie hatte Recht. Ich schmollte trotzdem. Wer mag in seiner Unzufriedenheit auch noch belächelt werden, und sei es von einer liebenden Ehefrau? Es war schlimm genug, dass in meinen eigenen Augen das komische Unbehagen nicht das Zeug zur tragischen Krise hatte, wahlweise veredelt durch gescheiterte Größe oder Größe des Scheiterns. Kreta konnte mit einer suspekten Kategorie wie dem >Lebenssinn< nichts anfangen, glücklich gestresst vom erzieherischen Ringen um die Zukunft junger Leute, wie sie nun einmal war. Genau genommen fasste sie die Frage nach dem Sinn des Lebens ähnlich auf wie der Mann mit der Zigarre: Sie hielt sie für pathologisch. Der Sinn des Lebens besteht im Daseinsglück, und die Wurzeln dieses Glücks sind Arbeit und Liebe. Sagt Freud. Ich sagte: „Keine vermischten Meldungen mehr, ich will einen Roman schreiben, einen richtigen, ganzen, vollständig fertig vollendeten Roman – und den Haushalt könnte ich auch machen!“ Kreta sagte erschrocken: „Du willst doch nicht etwa kündigen?“

Ich kündigte, machte den Haushalt und schrieb am *Jean Nicot.* Nach der Trennung von Kreta begrub ich meinen Traum eines historischen Romans in einer Plastikbox ähnlich jenen, in denen Kreta die Bücher zum Erwerb des Lesepasses bereitzulegen pflegte. Nun steht ein Sarg unter meinem Bett, das ich nur noch mit Büchern teile – fast so wie vor vielen Jahren Philine, bevor es mir gelungen war, ihr mit dem *Zeno Cosini* in der Hand Gesellschaft zu leisten. Die Liebe ist mir misslungen und die Arbeit auch. Auf die Frage nach dem Sinn des Lebens weiß ich immer noch keine Antwort. Der Sarg ist voll mit handschriftlichen Entwürfen in verschiedenen Farben, nummerierten Karteikarten, Computerausdrucken einzelner Kapitel, manche davon durchzogen von den Bleistiftgirlanden unleserlicher Einschübe und Korrekturen, andere gezeichnet von heftigen diagonalen Strichen, mit denen eine grausame Hand, die meine eigene gewesen sein muss, ganze Absätze verworfen hat.

Kreta war gegen die Kündigung, respektierte aber meinen Entschluss. Ich machte den Haushalt und schrieb. Als freier Mitarbeiter verdiente ich bei meiner alten Zeitung ein Zubrot und genoss mein neues Leben als Schriftsteller so sehr, dass ich in den ersten Wochen mehrmals mit dem Rauchen aufhörte, manchmal sogar dreimal am Tag, nach dem Frühstück, wenn Kreta ihre Erste rauchte, nach dem Mittagessen, das ich allein und im Stehen einnahm, und abends vor dem Schlafengehen, wenn Kreta ihre Letzte rauchte.

Mein Plan bestand darin, die Hausarbeit in den Pausen zu erledigen. Oder wenn mir gerade nichts einfiel. Ich nannte das die John-Irving-Methode, weil ich über diesen amerikanischen Erben von Charles Dickens gelesen hatte, dass er vor seinem Durchbruch mit *Garp oder wie er die Welt sah* Hausmann und Schriftsteller gewesen ist. Außerdem brachte er jungen Leuten in einem College das Ringen bei. Sport diszipliniert den Schriftsteller in der Wirklichkeit, das stärkt ihn im Kampf mit den Fiktionen. Vielleicht hätte ich für einen Marathon trainieren und lernen sollen, wie man sich selbst davonläuft, um vierzig Kilometer später wieder bei sich anzukommen; oder ich hätte im Fitness-Studio gemeinsam mit dem Mann im Spiegel Gewichte stemmen können, um Bizeps, Trizeps und Disziplin zu üben. Aber ich zog das Tanzen vor mit Kreta im Arm. Sport ist symmetrisch, Tanzen komplementär. Im Wettkampf wollen die Sportler gewinnen, indem sie das Gleiche tun, aber nach- oder nebeneinander. Im Zweikampf wollen sie siegen, indem sie das Gleiche tun, aber gegeneinander. Beim Tanzen beglücken sich zwei Menschen, indem sie Verschiedenes tun – miteinander. Dieses Schweben Auge in Auge, ach, es ist wie die Liebe. Kretas bernsteinfarbener Einschluss in der Pupille verdunkelte sich beim Tango, wenn wir uns dem herrlichen *Fumando espero* hingaben. Wir vergaßen alles, was nicht wir selbst waren, und wir selbst waren nur Tanz. Rauchend erwartet die Geliebte den Liebhaber und singt: „Ist mein Herzblatt da, ist das Rauchen ein Paradies. Gib mir den Rauch aus deinem Mund, los, das macht mich verrückt. Komm, ich will vor Lust verrückt werden, die Wärme spüren dieses betörenden Rauchs, der die glühende Flamme der Liebe entzündet hat." Kreta konnte Aschenbechersex nicht ausstehen. Jeden Abend ging sie nach ihrer Letzten ins Bad und putzte sich elektrisch die Zähne, exakt zweieinhalb Minuten lang. Von mir erwartete sie das Gleiche. Aber ein Tango ist ein Tango, Auge in Auge, Schritt in Schritt loderte die glühende Flamme der Liebe. Es kam vor, dass wir nach dem *Fumando espero* schnurstracks von der

Tanzfläche flohen, auf die Straße liefen, einem Taxi winkten und unterwegs zum ehelichen Schlafzimmer auf der Rückbank des Wagens einander zu küssen begannen wie verliebte Teenager im Kino.

Aber der schönste Tanz von allen war unser Hochzeitstanz. Nie werde ich den Walzer vergessen, den Kreta und ich um Annes Himmel tanzten, der aufgerollt auf dem Parkett im Wohnzimmer lag. Es war ein Tanz ohne Zeugen. Wir tanzten und küssten, und auf dem Boden lag silberbestemt die Nacht.

---- ~

Ich wünschte, es wäre mir gelungen, mit meinem Roman nicht zu ringen, sondern ihn zu tanzen, so wie ich mir wünsche, dass es mir eines Tages gemeinsam mit der geliebten Leserin und dem verehrten Leser gelingen wird, nicht länger gegen das Verlangen nach der nächsten Zigarette anzukämpfen, sondern es fröhlich fortzutanzen.

In der ersten Zeit funktionierte meine Irving-Methode. Die Notizen wuchsen, der Kühlschrank war immer voll, und jeden Abend brachte ich ein warmes Essen auf den Tisch. Kreta genoss es sehr. Wenn wir nicht Tanzen gingen, machten wir es uns nach dem Abendessen mit einer Flasche Wein auf dem Sofa gemütlich. Kreta erzählte Neuigkeiten aus der Schule, bevor sie dem Flehen in meinem Blick nachgab, eine Zigarette anzündete und die stetig schrumpfende Tagesproduktion *Nicot* durchlas, während ihre Zehen auf eigene Faust – wenn sich das so sagen lässt – zärtliche Erkundungen in meinem Schoß anstellten.

Aber der Zauber des Anfangs verflog und mit ihm meine schriftstellerische Euphorie. Die Krisenphasen, in denen das Weberschiffchen meiner Textarbeit zum Stillstand kam, wurden immer häufiger und dauerten länger und länger. Auch die Zigarettenpausen wurden immer häufiger und dauerten länger und länger. Ich musste an Lessings Wolfenbütteler Wirtschafterin denken, die geschimpft hat: „Hei havve nix, hei kunne nix und dogte ok nix, aber schmöcken dan bei'n ganzen Dag." Zum Glück hatte ich keine Wirtschafterin, sondern war selber eine. Ich band mir eine Haushaltsschürze um, zog mir Gummihandschuhe über und putzte. Sobald mir nichts mehr einfiel, dachte ich nur noch daran, was ich putzen könnte. Ich putzte das Bad zweimal in der Woche, saugte den Schlafzimmerteppich so ausdauernd wie eine Hausfrau der 50er Jahre, die ihren ersten *Kobold* angeschafft hat. Ich sprühte Glasrein auf zerknülltes Zeitungspapier und putzte die Fenster. Sorgfältig nahm ich Bogen für Bogen aus alten Exemplaren des Blattes, bei dem ich einmal angestellt gewesen war. Für den Grobputz nahm ich die Zeitungen, wie ich es bei meiner Großmutter gesehen hatte, den Feinputz erledigte ich mit dem Fensterleder. Kein Streifchen zeigte sich mehr am Glas, wenn ich mit meiner Arbeit fertig war. Ich wachste und wienerte das Parkett im Wohnzimmer, bis es die Flamme des Streichholzes spiegelte, mit dem ich mir eine anzündete, im Stehen und in der Linken den beim Abziehen nach außen gestülpten Gummihandschuh der Rechten. *Bitte rauchen Sie nur, wenn das Signal erscheint.* Ich wischte die Türen ab und putzte die Schränke in der Küche, erst außen, dann innen, dann oben, dann fing ich von vorne an. Ich hatte die Türrahmen vergessen und wischte die Türrahmen. Dann fiel mir ein, dass ich bei den Türen die Oberkante, die besonders schmutzige Oberkante vergessen hatte, und ich wischte die besonders schmutzige Oberkante. Ich rückte den Kühlschrank aus der Lücke in der Küchenzeile, denn auch dort, wo der Hausmann sonst nicht hinkommt, muss es sauber zugehen, wenn der Schriftsteller in der Krise ist. Ich putzte den Kühlschrank von allen Seiten, sogar die Lamellen auf der Rückseite ließ ich nicht aus. Dann schob ich den Kühlschrank zurück in die Linie und war stolz auf mein Tagewerk. Dann überlegte ich, was ich als Nächstes putzen könnte. Dann wurde mir bewusst, dass ich meine Hände mehr in den Gummihandschuhen hatte als über der Tastatur. Dann lernte ich Paula kennen.

# Aufhören anzufangen

Ich weiß nicht, wie ich beginnen soll. Alle Zigaretten, die ich je geraucht habe, mögen mir beistehen. Sie glichen alle der einen, die ich hier in der Hand halte ---- ~

In dieser Art hat der „arme Cosini" seine rauchdurchzogenen Bekenntnisse begonnen, den Füllfederhalter in der einen, die Zigarette in der anderen Hand. Auch ich weiß nicht, wie ich anfangen soll. Ich sitze in einem verrauchten Bistro, das Notebook mit hochgeklapptem Schirm vor mir auf der runden Marmorplatte. Daneben lugt eine einsame Letzte aus der offenen Schachtel, deren Vorderseite vom Kellner gnädig mit einem Werbeaufkleber versehen wurde, der den Warnhinweis überdeckt. Der Aufkleber zeigt in einem ovalen Medaillon das gemalte Bild eines schon älteren Mannes mit Spitzbart und Halskrause, die Augenbrauen gramvoll emporgezogen und die Stirn in Falten gelegt. Um das Medaillon läuft ein Schriftband: „Bistro Jean Nicot: Savoir vivre – savoir fumer". Das Bistro befindet sich nicht weit vom Louvre in der Rue St. Honoré im ersten Arrondissement von Paris. Die **geliebte Leserin** und der **verehrte Leser** können sich gern zu mir setzen. Vielleicht möchten Sie auch einen Café Crème? Oder Sie teilen miteinander meine Letzte? *Bitte rauchen Sie nur, wenn das Signal erscheint.* Gott sei Dank.

Ich ziehe versonnen den Aufkleber von der Vorderfront der Schachtel und lese den Warnhinweis im schwarzen Rahmen: „Fumer tue“ – Rauchen tötet. Trotzdem hole ich die Letzte aus der Schachtel und zünde sie an. ---- ~ Sie schmeckt eigenartig, furchtbar endgültig. Ich überwinde mich und drücke sie nach der Hälfte aus. Dann setze ich die Fingerkuppen auf asdf jklö und blicke ins Zyklopenauge:

Paula traue ich alles zu. Kurz bevor ich nach Paris gereist bin, um einen letzten, allerletzten Versuch zu machen, den Roman über Jean Nicot doch noch zu vollenden, hat sie angerufen und mir erzählt, dass sie es endgültig, definitiv und überhaupt geschafft hat, ein für allemal. Sie ist in der Kanzlei zur Partnerin aufgestiegen, was vor ihr nur einer Frau gelungen ist, einer einzigen. „Leider bin ich nicht die Erste“, lachte Paula und blies mir schon wieder den Rauch ihrer Zigarette ins Ohr, aber nur durch den Telefonhörer, nicht wirklich wie neben Columbo auf dem Balkon, als sie sich erkundigte, wie mir die Scheidungsrichterin gefallen hatte. „Kleinen Moment“, sagte Paula, „ich muss dich mal hinlegen.“ Es gab einen Bums, dann klappte wie in einem Kriminalhörspiel der Deckel ihres Feuerzeugs auf und zu. Dass sie unmittelbar eine nach der anderen anzündete, wird Paul gefallen haben. „Ich bin wieder dran“, sagte sie und blies heftig den Rauch aus. „Die andere ist eine Zicke, aber genial, wir werden den Jungs den Männerhimmel heiß machen. Wahrscheinlich verfolgen sie den Plan, dass wir uns gegenseitig neutralisieren, niedlich, genau das werden wir nicht tun. In die Zange nehmen werden wir sie und eine dritte und eine vierte auf die Partnerebene holen, sobald taktisch die Gelegenheit günstig ist.“ Sie wollte mich zum Essen einladen, um ein wenig zu feiern, und war ziemlich enttäuscht, als ich ihr sagte, ich würde für ein paar Tage nach Paris fahren. „Was willst du denn in Paris?“ So konnte nur Paula fragen. Was willst du denn in Paris? „Na in Paris sein, das will ich in Paris.“ Dass ich außerdem noch *Die drei Missionen des Jean Nicot* wiederaufnehmen und dafür ein bisschen recherchieren wollte, erwähnte ich nicht. Sie hält mich ohnehin für eine Art Versager, ich glaube sogar, dass sie mich deshalb besonders mag. Bei mir muss sie nicht dauernd auf dem Quivive sein wie bei den >Jungs< in der Kanzlei. Es gibt eben Haifische und Goldfische, c’est la vie. Von dem neuen Versuch mit dem Roman erzähle ich lieber erst, wenn er geklappt hat – und danach sieht es im Moment nicht aus, sonst würde ich über Nicot schreiben, statt über Paula.

Sie lernte mich, so herum muss ich es wohl ausdrücken, auf nicht sehr originelle Weise kennen. „Haben Sie mal Feuer?“ sagte sie im Foyer einer Bank zu mir, als wir beide in einer Schlange vor dem Kontoauszugdrucker standen. Besonders viel auszudrucken gab es bei mir nicht, schließlich war ich Schriftsteller und Hausmann und erzielte durch die freie Mitarbeit bei meiner alten Zeitung einen Verdienst, der mit Fug und Recht den Vornamen Neben trug. Trotzdem gelingt es mir normalerweise, den Dispositionskredit unterhalb jener Linie zu halten, die von den Banken als >geduldete Überziehung< bezeichnet wird. Sie deuten damit an, wie schnell es mit der Geduld zu Ende sein kann. Ich hatte kein Feuer bei mir, das ist eine meiner Schwächen, unterwegs habe ich meistens kein Feuer. Dafür türmen sich zu Hause die Streichholzbriefchen und Zips in allen Farben, Spielarten und Größen. Ich sagte: „Tut mir leid. Außerdem darf man hier sowieso nicht rauchen.“ Paula lächelte nachsichtig: „Das habe ich auch nicht vor.“ Paul war bestimmt sehr verärgert. Es dauerte ein bisschen, bis ich begriff, dann stellte ich die Geduld meiner Bank auf die Probe und lud Paula zu einem Capuccino ein. Am Cafétisch erlebte ich zum erstenmal ihr Ritual mit dem Benzinfeuerzeug, das sie natürlich bei sich hatte, genau wie ihr Etui. Sie hielt es mir hin, und ich zog einen Zigarillo unter dem Bändchen heraus. Während wir rauchten, stellte sie mir Paul vor, der über meine Wahl entsetzt sei. Wir lachten gemeinsam über ihn. Dieses Mal machte ich nicht wie bei Carmen und Anne den Fehler, mich intellektuell, was immer das sein mag, für überlegen zu halten. Noch am gleichen Nachmittag ging ich mit zu ihr. Das ist sonst nicht meine Art, denn in gewisser Hinsicht, besonders in dieser, bin ich beim erstenmal eher schüchtern.

Wir trafen uns meistens nur einmal die Woche, Paula arbeitete schon damals schrecklich viel. Ich erzählte ihr bereits am ersten Nachmittag, dass ich verheiratet war, sie sah ja auch den Ring. Danach wurde meine Ehe erst wieder erwähnt, als ich die Affäre beendete. Ich redete nicht herum, sondern sagte es schweren Herzens genau so, wie es war: „Meine Frau hat mich vor die Wahl gestellt.“ Paula antwortete nicht. Sie brachte mich einfach zur Tür. Zum Glück war ich klug genug, auf die zweitdümmste aller Männerfragen zu verzichten: „Wollen wir nicht einfach Freunde sein?“ Es dauerte eine Weile und verlangte mir einiges an Beharrlichkeit ab, bis sie zu einem Wiedersehen bereit war. In ihrer Wohnung bin ich nach der Trennung nie mehr gewesen.

Bei meinem ersten Besuch an jenem Nachmittag fiel mir sofort auf, dass diese außergewöhnliche Frau allein lebte. Keine zweite Zahnbürste im Glas, keine Herrenschuhe im Flur, und die verdammt teure Krawatte, die über einer Stuhllehne hing, wurde von ihr verächtlich als Eidechsenschwanz bezeichnet. Ich verstand nicht gleich, wie später noch so oft, und schaute wohl etwas dumm. Paula erklärte es mir: „Sie werfen doch die Schwänze ab, die Eidechsen, wenn sie sich gepackt fühlen.“ Die Auskunft hätte mich um ein Haar in die Flucht geschlagen. Beute wollte ich nicht sein; und wurde es doch.

Kreta und ich waren immer auf Augenhöhe miteinander umgegangen, von gleich zu gleich liebend, glücklich miteinander als Frau und Mann. Wir waren wie zwei aufeinander abgemessene Bögen, die sich zum Kreis ergänzen, wie die Hälften der Kugelmenschen, von denen Platon im *Gastmahl* den Aristophanes erzählen lässt. Es gibt weiblich-weibliche, männlich-männliche und weiblich-männliche Formen, aber jede von ihnen ist in sich vollendet. Die Kugelmenschen langweilen sich vor lauter Glück und proben den Aufstand gegen die Götter. Die Revolte wird niedergeschlagen, und die Kugelmenschen werden zur Strafe geteilt. Einsam leben die Hälften dahin, von ihren Hälften getrennt, und verzweifeln. Da erbarmen sich die Götter und schenken den Menschen die

Liebe, damit sie zurück in die Vollendung finden können, solange sie einander umarmen. Deshalb gibt es die Liebe zwischen Frau und Frau, zwischen Mann und Mann, zwischen Frau und Mann.

So ging es zu zwischen Kreta und mir, wie bei der weiblich-männlichen Variante der Kugelmenschen, beim Tanz und in der Liebe – jedenfalls annähernd, denn auch wir stritten uns, waren manchmal kleinlich zueinander und verziehen uns großmütig, wie es eben selbst in den besten Kugelehen vorkommt, in denen in Friedenszeiten eine Hälfte die andere aufs Wunderbarste ergänzt.

Mit Paula war alles ganz anders. Bei ihr lernte ich die Köstlichkeit des Unterlegenseins kennen, das große Bewundern, das ohne Schmach für den Bewunderer ist. Sie hatte in Hochgeschwindigkeit studiert und mit einem Prädikatexamen abgeschlossen – ich war im Schneckentempo und nur durch Carmens Antrieb zum Magister gekommen. Sie war landesweit eine der besten Referendarinnen beim zweiten Staatsexamen gewesen – ich hatte ein ganz ordentliches Volontariat absolviert. Sie galt als Nachwuchsstar in einer internationalen Kanzlei – ich war Redakteur für Vermischtes gewesen und lebte nun als Hausmann, der viel putzte, und als Schriftsteller, der wenig schrieb. Sie bereitete sich darauf vor, eines Tages ein großes Rad zu drehen, und nun, da sie zur Partnerin gemacht wurde, ist es soweit – ich bereitete mich auf den großen Roman vor, den ich eines Tages schreiben würde, und nun, da der *Nicot* in Paris endgültig zu scheitern droht, muss ich mich nach einer neuen Hoffnung umsehen.

Ich bewunderte Paula und bewundere sie immer noch, sie ist stets obenauf, mit einer Ausnahme: Paul. Wie kann es einem derart willensstarken und vor Ehrgeiz vibrierenden Menschen passieren, sich in eine Abhängigkeit vom Rauchen gleiten zu lassen, deren Demütigungen nur durch das selbstironische Personifizieren der Sucht erträglich sind? Das Dumme, das ewig Gierige wird auf die Bühne gestellt und belacht. Aber vielleicht ist diese Personifikation das wahre Problem, die ganze komische Paulerei, um es in der Art von Kreta zu sagen? Die hochintelligente Paula hat keinen blöden Paul, wie sie meint, sondern ist einer; Kreta hatte mit ihrer Bemerkung über den inneren Schweinehund Recht. Aber ich werde mich hüten, den Therapeuten zu spielen, nicht, bevor ich selbst mit dem Rauchen fertig bin. Außerdem habe ich schon einmal den Versuch gemacht – nicht, mit dem Rauchen aufzuhören, davon gab es recht viele, sondern einen Streit zwischen Paula und Paul zu schlichten. Es ist mir nicht bekommen. Bei einem unserer Treffen – sie hatte sich nur für einen raschen Business Lunch aus der Kanzlei losmachen können – persiflierte sie nach dem Essen ihr Verlangen nach einer Zigarette. Über den Vormittag hatte sie beide Seiten ihres Etuis leer geraucht, und nun ging es darum, möglichst schnell zu bezahlen, um auf dem Rückweg ins Büro noch Zeit für einen Abstecher zum Tabakladen zu haben. Oder sollte sie darauf verzichten, das Etui wieder mit *Davidoffs* und Zigarillos zu bestücken? Während sie auf die Kellnerin lauerte, demonstrierte mir Paula ein Beispiel ihrer inneren Zwiesprachen mit Paul:

– Alles was man tut wird hochgradig davon bestimmt, was man schon immer getan hat. Also darf man das, was man nicht mehr tun will, nicht mehr tun, damit man es nicht mehr tun muss.
– Ich würde verdammt gerne eine rauchen, zu blöd, dass sie mir gerade jetzt nach dem Essen ausgegangen sind.
– Offensichtlich hilft meine Einsicht nicht. Ich weiß genau, dass mir das Rauchen nicht gut tut, aber das Wissen hat keine Folgen, getrennte Schaltkreise: Erkennen/Handeln.
– Bravo, gut erkannt, aber vor dem Weiterdenken möchte ich gern die Batterie aufladen. Im Job ist Dauerstress, und ich habe keinen Nerv, mich mit dem Zigarettenkram zu beschäftigen, während im Büro komplizierte Verträge auf die Ausarbeitung warten. Jetzt holen wir erst mal Nachschub, und später, wenn Zeit dafür da ist, überdenken wir alles gründlich.

„Siehst du", sagte sie dann, indem sie mit dem Zeigefinger auf das leere Etui klopfte „so ist es immer. Wenn ich Stress habe, gewinnt er jedes Mal. Die Versuchung überwiegt die Kontrolle."

„Du irrst dich", platzte ich heraus, „der Fehler im System ist nicht die Versuchung, sondern die Versuchung, sie zu kontrollieren."

Sie reagierte wie aus der Pistole geschossen:

„Du meinst, ich sollte mich nach Paul richten? Das sieht dir ähnlich."

Nein, das hatte ich nicht gemeint. Aber ich schwieg. Die Kränkung war zu stark. Das also war ich in ihren Augen: Ein nichtsnutziger, disziplinloser Paul. Blass geworden bis in die Lippen, schwor ich innerlich, nie wieder mit einem Rat Anteil an ihrem Kampf mit sich selbst zu nehmen. Sie sah mir erschrocken ins Gesicht und begriff, was sie mir gerade an den Kopf geworfen hatte. Sie erbleichte ebenfalls. „Ich habe es nicht so gemeint, so habe ich es wirklich nicht gemeint, das musst du mir glauben." Ich lächelte versöhnlich und glaubte ihr nicht.

Meinen Schwur habe ich gehalten. Ich gönnte ihr die paulinischen Kapriolen und amüsierte mich darüber, nahm aber keinen inneren Anteil mehr daran. Dennoch wuchs mein Interesse an ihr weiter. Ich konnte mich ihrem Drive nicht entziehen. Wenn mir etwas schwer fällt, werde ich langsam. Paula wird dann schneller. Sie ist am besten, wenn sie das Gefühl hat, das Ziel liege knapp jenseits ihrer Reichweite. Als unsere Affäre noch dauerte, glaubte ich manchmal, mit mir gehe es ihr genauso. Vielleicht hätten wir geheiratet, wenn ich frei gewesen wäre, aber ich denke, ohne meine Ehe mit Kreta hätte Paula mich weniger reizvoll gefunden. Natürlich erklärte sie sich ihr Singledasein mit den Anforderungen ihrer Karriere und mit der Theorie, Männer würden starke Frauen nicht aushalten, und zwar je stärker die Männer, desto weniger. Wenn es ernst wurde und die gemeinsame Wohnung oder gar das Heiraten ins Spiel kam, machten sie die Eidechse. Jedenfalls war das Paulas Erfahrung. Ich wiederum war bereits verheiratet, knapp jenseits ihrer Reichweite, denn obwohl ich Paula geliebt habe und ein ganz klein wenig immer noch mehr liebe, als bei einer guten Freundin üblich, habe ich sie verlassen, als Kreta mich vor die Wahl stellte.

Vielleicht wollte ich mir mit Paula beweisen, dass ich trotz meines Daseins als Hausmann und trotz meiner Schwierigkeiten mit dem Roman über Nicot kein Versager war. Wem es gelingt, die Aufmerksamkeit einer solchen Frau zu erringen – und zu behalten, der kann selbst nicht ohne Format sein. Jedenfalls war das meine Theorie. Und vermutlich hatte mich ihre Paulsbemerkung deshalb so hart getroffen, weil sie diese Theorie ins Wanken brachte. Heute ist das alles nicht mehr wichtig. Ich habe Kreta verloren.

An dem Abend, an dem ich beichtete, sah ich sie zum erstenmal mehr als drei Zigaretten rauchen. Ich versuchte, ihr die Geschichte mit Paula zu erklären, und sie rauchte eine nach der anderen, obwohl sie das hasste, entzündete die Nächste an der Glut der abgebrannten Vorgängerin. Bevor ich anfing, mit der Sprache herauszurücken, weil ich die Unaufrichtigkeit nicht mehr ertrug, hatte sie mir von einer neuen Nichtraucherkampagne in ihrer Schule erzählt. Wie üblich war der Geschichtslehrer dagegen, aus schlechtem Material könne eben nichts Gutes werden. Mit dem Material waren die Schüler gemeint, das >Schülermaterial< an einer Restschule in einem sozialen Brennpunkt. Aber wieder war es Kreta gelungen, sich bei der Direktorin durchzusetzen, wie schon in der Teppichfrage. Die Schule schloss sich einer bezirksübergreifenden Kampagne an: „Be smart – don't start!" Kreta machte sich keine Illusionen, versprach sich jedoch von der Aktion eine etwas nachhaltigere Wirkung als von den üblichen Scharmützeln um das Rauchen auf dem Pausenhof und den Schulklos. Ich weiß bis heute nicht, ob Kreta Recht behalten hat, wie damals mit dem gelben Teppich und den Lesepässen, ob sie wieder einmal mit großer Zähigkeit kleine Erfolge erkämpfen konnte. Nach meinem Geständnis sprachen wir nur noch selten über die Schule. Wir waren zu sehr mit uns selbst beschäftigt.

Ich hatte alles gesagt, was es zu sagen gab. Kreta erinnerte mich daran, dass sie meinen Entschluss, die Zeitung zu verlassen und den schriftstellernden Hausmann zu spielen, von Anfang an für falsch gehalten hatte. Sie schonte mich nicht, und ich nahm es ihr nicht übel. Eisig setzte sie mir auseinander, dass ein richtiger Schriftsteller auch dann ein Buch über Jean Nicot schreiben kann, wenn er tagsüber einem Broterwerb nachgeht. Meine Affäre mit dieser Paula sei ein Symptom, nicht das eigentliche Problem. Ich war ungeschickt genug, zu fragen:

„Und was ist das eigentliche Problem?"

Ich glaube, ohne diese Frage hätte sie es nicht ausgesprochen, hätte es in der Schwebe gelassen, um mich nun doch zu schonen, trotz ihrer eigenen Verletztheit.

„Das Problem ist, dass du nicht sein willst, was du bist: ein Journalist, sondern etwas, was du nicht bist ..."

„... ein Schriftsteller", fiel ich ihr herausfordernd ins Wort, und sie nickte.

Es war ein harter Schlag. Also hatte ihr „gut, ganz gut, gefällt mir" auf dem ehelichen Sofa weder zwei noch drei noch vier bedeutet, sondern fünf oder sechs, mangelhaft, ungenügend.

Kreta kam von der Problemanalyse Schriftstellerkrise zum Symptom Paula zurück. Sie nahm eine weitere Zigarette aus der Packung, steckte sie aber nicht an, sondern zerbrach sie in zwei gleich große Stücke, nicht zornig, sondern ganz sachlich. Sie warf sie mir nicht vor die Füße wie ein mittelalterlicher Richter dem Delinquenten den zerbrochenen Stab, sondern legte sie nebeneinander auf den Couchtisch und sagte, dass sie erst wieder anfangen würde zu rauchen, wenn ich mich zwischen ihr und Paula entschieden hätte. Dann stand sie auf und ging ins Schlafzimmer. Ich ließ ihr ein wenig Zeit, bis ich nachkam, und hörte sie weinen, selbst die Augen voll Tränen. Im Bett sagte sie zu mir, forsch wie gewohnt, doch die Stimme immer noch feucht, ich möge mich mit meiner Entscheidung beeilen, sie verzichte ungern auf ihre drei mal drei *Roth-Händle.* Wir mussten lachen und nahmen einander in die Arme und waren eine furchtbar unglückliche Kugel.

Ich brauchte vier Wochen, in denen ich Kreta zuliebe ebenfalls nicht rauchte, dann machte ich schweren Herzens mit Paula Schluss. Kreta rauchte wie gewohnt ihre drei Trilogien täglich, und auch ich fing wieder an. Paula wollte mich in der ersten Zeit nach der Trennung nicht wiedersehen. Sie fehlte mir. Vielleicht wäre die Heilung meiner Ehe mit Kreta leichter gewesen, wenn ich Paula als bewunderte Freundin nicht so sehr vermisst hätte, und vielleicht hat Paula das geahnt und sich auf diese Weise gerächt. Wir haben nach unserer Wiederannäherung nie darüber gesprochen.

Kreta und mir gelang es nicht, in die alte Vertrautheit zurückzufinden, trotz der Rückkehr zu den alten Gewohnheiten. Wir saßen abends nicht mehr so lange auf dem Sofa wie früher; Kreta erzählte kaum noch von der Schule, schimpfte nur hin und wieder auf den Geschichtslehrer; und wenn ich am *Nicot* schrieb, was seltsamerweise nun wieder häufiger geschah, legte ich ihr die Blätter nicht mehr in den Schoß und wich ihren Fragen nach dem Fortgang der Arbeit aus. Kreta versuchte, den Pfeil aus der Wunde zu ziehen. Das rührte, aber überzeugte mich nicht, und Kreta gab auf.

Wer die Ehe ernst nimmt, und Kreta und ich nahmen sie ernst, obwohl wir auf die Hochzeitsglocken verzichtet hatten, entwickelt ein bejahendes Verhältnis zum Institutionellen, denn es kann helfen, Zeiten der Gefährdung des Gemeinsamen zu überstehen. Man läuft einfach weniger schnell auseinander. Der schwere Fehler, den wir beide machten, bestand in unserer voreiligen Flexibilität. Wir vereinbarten in aller Freundschaft eine Trennung auf Probe mit der Absicht, über diesen Umweg wieder ins gemeinsame Leben zurückzufinden. Hätten wir uns klar gemacht, dass Trennung Scheidung bedeutet, wären wir gezwungen gewesen, ausdrücklich zu wählen: Wollen wir uns scheiden lassen oder wollen wir weiter zusammenleben? Indem wir versuchten, dieser Wahl auszuweichen, traf die Wahl eben uns, gewissermaßen. Wir drifteten auseinander wie auf einer Ellipse, und an dem Punkt, an dem wir am weitesten voneinander entfernt waren, ließen wir uns scheiden. Ich habe Kreta nicht mehr gesehen, seit sie mir – smoking/no smoking – den letzten Kuss gab und davonging. Ich sehne mich nach ihr.

Die Warnanzeige in dem schmalen Display unter der Tastatur blinkt, der Akku des Notebook ist leer; meiner auch, glaube ich. Ich fahre die Maschine herunter, bevor sie abstürzt, und verstaue sie in der Computertasche. Dabei fällt mir die Schachtel wieder ein, die ich vor der Reise nach Paris in einem Fach mit Klettverschluss versteckt habe. Es ist nur noch eine drin. In dem Streichholzbriefchen, das mir der Kellner gebracht hat, obwohl schon etliche Hölzer herausgebrochen waren, ist jetzt auch nur noch eines übrig, genau in der Mitte zwischen den kleinen, zerfaserten Stümpfen links und rechts. Es sieht aus wie ein Ausrufezeichen! Das letzte Streichholz für die allerletzte Zigarette. Ich stecke sie mir zwischen die Lippen und reiße das Streichholz an. Der rote Brennkopf zischt auf, implodiert mit einem leisen Plop und verdampft flammenlos schwefligen Rauch, oh merde. Ich lege das Streichholz mit dem verkohlten Köpfchen in den Aschenbecher. Vor anderthalb Stunden habe ich mir das Briefchen kommen lassen, und obwohl es nicht komplett war, ist es mir peinlich, dass alle Hölzer schon aufgebraucht sind. Der Blick des Kellners ist mir nicht entgangen, als er vor ein paar Minuten den vollen Aschenbecher weggenommen und durch einen sauberen ersetzt hat. Savoir fumer – aber im Bistro *Jean Nicot* ist dem savoir fumer mit dem savoir vivre die Grenze des zuträglichen Maßes gezogen. Ich bringe es nicht über mich, den strengen Garçon um ein weiteres Briefchen zu bitten und schiebe die Zigarette zurück in die Schachtel. Vielleicht könnte ich die geliebte Leserin oder den verehrten Leser um Feuer bitten, Sie wissen bestimmt, wie es ist, wenn man gern möchte und auch dürfte, aber wegen eines Hindernisses nicht kann, das umso höhnischer ist, als es nicht am Objekt der Begierde fehlt, sondern an der Flamme, es zu verzehren. Aber Sie können mir nicht wirklich helfen, denn im Roman ist sogar der verehrte Leser fiktiv, und, was noch viel trauriger ist, auch die geliebte Leserin.

Prometheus ohne Feuer macht eine tragikomische Figur, besonders wenn er unbedingt eine rauchen muss, weil der Adler des Entzugs ihm zu schaffen macht. In einer solchen Situation lässt sich sogar ein Gott dazu herab, einen x-beliebigen Menschen auf der Straße um Feuer zu bitten. Welche Erniedrigung – und welch ein Genuss, wenn wieder Rauch in die Lungen strömt: Das ewige Leben für eine Zigarettenlänge! Aber was macht er in der Nacht, wenn gerade ein neues Päckchen geöffnet wird, die Cellophanhülle ist schon entfernt, und plötzlich, während der Daumennagel das Steuerband durchtrennt, erinnert er sich: Es ist kein Feuer im Haus. Vor einer Stunde wurde die Letzte für diesen Tag in den Aschenbecher gedrückt und die Kerze ausgeblasen. Aber das Einschlafen fällt schwer, außerdem ist inzwischen ein neuer Tag und ein schönes, neues Päckchen angebrochen. Die Kerze ist aus, na und, irgendwo wird es bestimmt Feuer geben, es kann doch nicht sein, dass sich in der ganzen Wohnung kein Feuer findet. Die Schubladen werden durchstöbert, diejenigen, die selten aufgezogen werden, sind als Letzte dran. Je stärker das Verlangen, desto stärker die Kraft, seine Befriedigung aufzuschieben, das streckt die Hoffnung, dehnt sie, macht sie dünner und dünner, bevor sie, flapp – die letzte Lade ist durchsucht – zurückschnalzt wie ein gerissenes Gummiband. Die Taschen. Handtaschen, Aktentaschen, Reisetaschen, Koffer, Rucksäcke, noch mal die Koffer, wegen der übersehenen Seitentaschen. Der Kulturbeutel! Endlich, das ist die Lösung, hier wächst das Rettende. Auf dem Weg ins Bad dämmert vage die Einsicht, dass das Notfeuerzeug im Kulturbeutel beim letzten Hotelaufenthalt tatsächlich die Rettung war – und dann glatt liegen gelassen wurde. Gab es nicht den Vorsatz, das Notfeuerzeug zu ersetzen? Ja oder nein? Gab es ihn oder gab es ihn nicht? Vorsätze, Vorsätze, im Leben wimmelt es von Vorsätzen. Wenn der Vorsatz, endlich aufzuhören, nicht Vorsatz geblieben wäre, bestünde nun kein Bedarf nach einem Notfeuerzeug. Außerdem wurde es vielleicht doch ersetzt. Die eine Hand hält die Schachtel, die andere öffnet zitternd die Tür des Badezimmerschränkchens, holt behutsam, Dieb im eigenen Haus, den Kulturbeutel hervor. Der Reißverschluss ist offen. Ein Blick, ein Seufzen, der Beutel wird zurückgestellt. Die anderen Taschen, natürlich, warum nicht gleich: Hosentaschen, Jackentaschen, Manteltaschen. Der Dieb wird zum Einbrecher, wühlt Wäsche durcheinander, reißt Mäntel vom Haken, verstreut Jacken über den Boden, mit jämmerlich nach außen gezerrtem Taschenfutter. Dann ist es so weit: Es liegt zwischen den Jacken auf dem Teppich, ein schwarzes Mini mit verschlungenen goldenen Buchstaben, die für eine Zigarettenmarke werben. Ein schneller Griff, das Rädchen reibt über den Zündstein. Keine Flamme. Leere breitet sich aus im Chaos vergeblicher Suche. Der Herd! Es ist nicht zu fassen, der Herd! Oh ihr Götter Griechenlands. Wehe, wenn es ein Gasherd ist, und es keinen Anzünder gibt. Wenn es einen Anzünder gibt, einen eingebauten elektrischen oder einen separaten elektrischen oder einen separaten mechanischen, das ist doch jetzt wirklich egal: dann leuchte, du Flamme, leuchte –

– und wenn es ein Elektroherd ist?

Keine Panik, ganz ruhig bleiben, nur ein klein wenig Geduld. Die Menschheit hat Tausende von Jahren auf Feuer gewartet, da kommt es nicht auf die Minuten an, bis die Platte heiß ist. „Ich richte mich auf, glühend im Gesicht von der rotglühenden Platte, auf der ich nachts so oft Fetzen von Papier angezündet habe, nicht etwa um etwas Geschriebenes zu verbrennen, sondern um Feuer zu bekommen für eine letzte und allerletzte Zigarette." Ach, an ihrer allerallerletzten ist sie verbrannt, die Schriftstellerin Ingeborg Bachmann, am 17. Oktober 1973 in einem Hotelbett in Rom.

Der Garçon schaut tadelnd herüber, jedenfalls kommt es mir so vor. Wenn Nicot sehen könnte, was ein Bistro, das unter seinem Namen firmiert, uns Verehrern der Panazee anzutun imstande ist – nein, er würde mir nicht beispringen, ganz im Gegenteil, vermutlich würde er klarstellen, dass er stets dagegen war und immer noch dagegen ist, das kostbare Kraut zu verbrennen, und dass daran auch die Nöte eines unzuverlässigen Biografen nichts ändern, der sich erstens die Freiheit und zweitens die Frechheit herausnimmt, ihn wider alle historische Wahrheit nicht nur mit einer Blaubebänderten zu belästigen, sondern ihm auch noch einen Ausschlag an den Hals zu dichten. Was soll ich bloß tun? Ich sehe mich um.

Am Nachbartisch wird nicht geraucht, am Nachbartisch des Nachbartischs auch nicht. Entweder ich überwinde mich und bitte den Kellner jetzt doch um ein Briefchen – kein oder. Nervös trommle ich mit den Fingern auf das zugeklappte Notebook, schiele nach der alleingelassenen Blondine in der Schachtel, schimpfe innerlich über unwillige Garçons und sehne mich nach Feuer.

Wenn man, so fand vor Jahrtausenden ein gewitzter Urmensch heraus, ein schmales zugespitztes Hölzchen senkrecht auf ein breites Holz setzt und das schmale Hölzchen rasch und ausdauernd zwischen den Handflächen rollt, wenn man das richtig hinkriegt, erhitzt sich die Reibungsstelle zwischen den beiden Hölzern und beginnt zu glühen; rasch etwas trockenes Gras über die heiße Stelle gehäuft, und es beginnt zu glimmen; vorsichtig etwas Baumrinde auf das glimmende Gras gelegt, und es beginnt zu brennen. Natürlich hat diese Methode nicht der Urmensch erfunden, sondern seine Frau. Sie war es leid, ununterbrochen das Feuer zu hüten, man kommt den ganzen Tag nicht aus der Höhle. Es wäre ein schöner Spaß, der geliebten Leserin auszumalen, welche Folgen diese clevere Erfindung für die Tagesfreizeit der Frau hatte, während der verehrte Leser, das heißt natürlich sein Vorfahre, den Mammuts hinterher- und den Tigerinnen davonlief und oft genug nur einen Beutel runzliger Beeren nach Hause brachte. Wenn sie ihn kommen hörte, versteckte die geliebte Urleserin ihre Hölzchen, bevor der verehrte Urleser in die Höhle trat, seine Beute ablieferte und sich ans Feuer hockte. Eines Tages kam er früher als sonst nach Hause. Auf leisen

Sohlen schlich er über die zum Trocknen ausgelegten Felle im Vorgarten und blieb im Höhleneingang stehen, immer noch unbemerkt. Jetzt wollen wir doch mal sehen, denkt er sich, was meine Frau zu Hause treibt den ganzen Tag, während ich draußen in der Wildnis den Lebensunterhalt verdiene.

Seit Urzeiten gehört es zur Menschenbegierde, sich das, was in Abwesenheit geschieht, nicht nur vorzustellen, sondern wirklich zu erleben. Sehen ohne gesehen zu werden, die Tarnkappenversion der Sozialkontrolle. Der Urmensch lehnte im Höhleneingang und ärgerte sich, weil das Feuer nicht brannte. Am liebsten hätte er gleich eine Szene gemacht, beherrschte sich aber. Zuerst wollte er wissen, welches Spiel sie da wieder spielte, statt sich um das Feuer zu kümmern. Er fand sowieso, dass sie zu viel Fantasie hatte. Vernünftige Menschen haben keine Fantasie, das lenkt nur von der Arbeit ab. Der Urmensch beobachtete, wie die Urmenschin am Boden hockend heftig ein Hölzchen zwischen den Handballen rollte. Unordentlich lagen trockenes Gras und Rinde herum. Er würde wirklich ein ernstes Wörtchen mit ihr reden müssen. Dabei liebte er sie, jedenfalls soweit das in diesen schweren Urzeiten möglich war. Zwischen Neugier und Ungeduld hin- und hergerissen, zupfte er an den Haaren herum, die lang und braun auf seinem Handrücken wuchsen, und zerdrückte gereizt eine Wanze im Dschungel auf seiner Brust. Gerade wollte er dem Spiel seiner Frau ein Ende machen, als unter dem Hölzchen Qualm hervorkam. Er riss die Augen auf und sah, wie sie Gras um das Hölzchen legte und etwas Rinde, alles mit flinken, geübten Bewegungen. Dann erblickte er die Flamme und begriff das Ungeheuerliche: Seine Frau machte Feuer. Mit einem furchtbaren Schrei stürzte er in die Höhle, riss die Drehhölzer an sich und mit ihnen die Macht, die er seitdem nicht wieder hergegeben hat.

Aber die Zeiten ändern sich, auch wenn es mitunter lange dauert, bis sie sich ändern. Jedenfalls machen inzwischen faszinierende Frauen wie Paula den Männerhimmel heiß. Und dafür brauchen sie weder Dreh- noch Streichhölzer – die wurden übrigens erst 1832 erfunden: von einem Mann. Er hieß John Walker und war Apotheker in Stockton-on-Tees. Der Londoner Fabrikant Samuel Jones ließ Walkers Erfindung in die Massenproduktion gehen. Er nannte seine Zündhölzer *Luzifer*, und weil die beim Entflammen freigesetzten Dämpfe nicht nur stanken wie die Hölle, sondern auch giftig waren, ließ er Warnhinweise auf die Schachteln drucken.

Ich glaube, ich schweife ab. Doch die Zeit der Ab- und Ausschweifungen *Bitte rauchen Sie nur, wenn das Signal erscheint* in diesem Roman geht zu Ende. Das Stichwort Warnhinweis hat mich in die Gegenwart und auf den Boden der Tatsachen zurückgeholt: Die Packung mit der Letzten liegt immer noch vor mir auf dem Bistrotisch, und ich habe immer noch kein Feuer. Ich winke dem Kellner, und als er träge herankommt, sage ich großspurig in meinem besten Französisch, das sehr schlecht ist: „L'addition, s'il vous plaît." Dabei habe ich die Rechnung schon, die Coupons liegen wie üblich unter der Tasse. Ich will einfach nur bezahlen. Er sagt „Monsieur", und ich lege einen Zwanzig-Euro-Schein auf den Tisch für zwei Cafés Crèmes und die

Zigaretten, die in Bistros, wenn es dort überhaupt welche gibt, viel teurer sind als im Laden. Er nimmt den Schein und holt das Wechselgeld. Er stellt es in einem Tellerchen auf den Tisch, murmelt schon wieder „Monsieur" und schaut dabei vorwurfsvoll, so kommt es mir vor, auf die Letzte in der aus Deutschland mitgebrachten Schachtel, die neben der leer gerauchten französischen liegt. Er zieht sich zurück, ich nehme das Wechselgeld und lege einen Euro und fünfzig Cent Trinkgeld ins Tellerchen, bevor ich die Tasche mit dem Notebook schnappe und ein „Au revoir" in Richtung Tresen rufe. Nichts wie weg. Draußen merke ich, dass ich die Schachtel mit der Letzten auf dem Tisch vergessen habe. Aber keine zehn Zigaretten bringen mich wieder in dieses Lokal.

Nach meiner Rückkehr aus Paris finde ich einen Brief von Carmen vor. Die Familie ist in eine größere Wohnung gezogen, jetzt hat jede der beiden Töchter ein eigenes Zimmer. Es gibt nur ein Problem: keinen Balkon. Deshalb nimmt Carmen wieder zu. Sie schreibt, in den Umzugswirren habe sie zwei Kilo abgenommen und sich direkt „rank & schlank" gefühlt. Die Bemerkung lässt mich lächeln. Ich habe nicht vergessen, wie „rank & schlank" die liebe Figur meiner guten, alten, blonden Carmen ausgesehen hat. Die zwei beim Kistenpacken und Schränkeräumen verlorenen Kilo haben inzwischen wieder zu ihr gefunden, ein zusätzliches drittes im Gefolge, das ein viertes nach sich ziehen wird. Es gibt eben keinen Balkon, das ist das Problem. Wo soll Carmen rauchen, wenn sie den Kindern zuliebe nur auf dem Balkon raucht? Also hat sie aufgehört. Also nimmt sie zu. Sie macht Gymnastik und geht joggen und isst an manchen Tagen nur getrocknete Bananenscheibchen, aber sie nimmt zu. Schwer wiegt die Rache des Belohnungszentrums. Trotzdem ist Carmen stolz auf sich, und das kann sie auch sein. Wenn ich an das Kippengrab denke, schüttelt es mich heute noch. Aber wie duftig wonnetauend sie war an jenem Tag, als wir hinterher nebeneinander liegend Obststückchen fingerten. Ich hatte damals das sichere Gefühl, die *Dunhill* würden zurückkehren. Dieses Mal aber bin ich überzeugt, dass sie nie wieder anfangen wird, oder höchstens, wenn die Kinder aus dem Haus sind. Ein Mann, zwei Töchter, kein Balkon – eine recht langwierige Methode, von der Zigarette loszukommen, aber nachhaltig.

Sie hat mir in ihrem Brief von einem Test erzählt, mit dem man im Internet seinen CDS-Wert ermitteln kann. CDS ist das Akronym für Cigarette Dependence Scale. Sie reicht von 0 („absolut unabhängig") bis 100 („extrem abhängig"), der Durchschnitt pendelt zwischen 40 und 50. Carmens Wert lag anfangs bei 65 und ist inzwischen unter 50 gesunken. Man kann den Test in größeren Abständen wiederholen und feststellen, ob der Abhängigkeitswert gefallen ist. Carmen meint, je niedriger die Zahl auf der Cigarette Dependence Scale, desto höher die auf der Waage.

Ich werde sie ein wenig trösten und ihr schreiben, dass ich bestimmt auch bald zunehme. Immerhin habe ich seit der Letzten, die ich gestern im Bistro *Jean Nicot* liegen ließ, nicht mehr geraucht. Die geliebte Leserin und der verehrte Leser nehmen mir das hoffentlich nicht übel. Es war ein heimlicher Entschluss, das stimmt, aber mir gefällt die Vorstellung, eines Tages sagen zu können: Ich habe meine letzte Zigarette in Paris nicht geraucht. Die Leserin und der Leser können ja trotzdem. *Bitte rauchen Sie nur, wenn das Signal erscheint.* Da kann man nichts machen.

Ich bin übrigens ganz zufrieden mit meinem ersten rauchfreien Tag. Die Vorstellung aber, dass ich auch morgen nicht rauchen werde, sogar übermorgen nicht, macht mich ganz krank. Vielleicht hat das damit zu tun, dass nach achtundvierzig Stunden kein Nikotin im Blut mehr nachweisbar ist und sich mein Gehirn jetzt schon davor fürchtet. Dabei liegt mein CDS-Wert nur um die 50, bei immerhin einer Schachtel täglich. Wie viele Zigaretten rauchen Sie pro Tag? Ehrlich gesagt, will ich das lieber nicht wissen. Das war nur ein Beispiel für die Art der Fragen, die in diesem Test gestellt werden. Wie lange nach dem Aufwachen rauchen Sie Ihre erste Zigarette? Aber der Hauptteil des Tests besteht aus Multiple-choice-Aufgaben. Ich bin ein(e) Gefangene(r) der Zigarette:

Gar nicht einverstanden
Wenig einverstanden
Weniger oder mehr einverstanden
Mehr einverstanden
Voll einverstanden

---- ~

Halten Sie den definitiven Rauchstopp für:

Unmöglich
Sehr schwierig
Eher schwierig
Eher einfach
Sehr einfach

Ich stelle mir den Gesichtsausdruck vor, mit dem Kreta den Test absolvieren würde, wenn sie überhaupt dazu bereit wäre. Ihr Wert liegt bestimmt unter 20, der von Melanie vermutlich bei 100, der von Philine bei 0, der von Paula in den Siebzigern; und bei Anne stürzt wahrscheinlich der Computer ab, weil er mit ihren unberechenbaren Antworten nicht klarkommt. Sie hat die *American Spirit* aufgegeben, wie ich bei meinem letzten Besuch im Atelier feststellte, und raucht jetzt *Atika* (7mg, 0,6mg, 8mg). Ich bin darüber ein wenig beunruhigt. Ich wusste gar nicht, dass es die Marke noch gibt. Erst dachte ich, Anne sei in einer künstlerischen Krise. Aber die Teppiche, die sie neuerdings webt und von denen sie mir einige gezeigt hat, sahen nicht nach Krise aus. Sie arbeitet nicht mehr figürlich, sondern konzeptionell. Als ich das Wort hörte, zuckte ich unwillkürlich zusammen. Anne bemerkte es und lachte: „Ich weiß genau, was du denkst." Ich wurde ein wenig rot und sagte entschuldigend: „Ach Anne." Mehr fiel mir nicht ein. Wenn Anne konzeptionell arbeitet, geht das so: Der Webstuhl wird mit einer Plane abgedeckt, und auf dem Boden liegen in einer Länge von drei Metern mehrere Bahnen Raufaser nebeneinander. Die Stöße der Bahnen sind an den Unterseiten mit Kreppband verklebt. Aufgereiht an der Wand stehen Eimer mit Wandfarbe bereit: Rot, Grün, Gelb, Blau. Am Rand eines jeden Eimers hängt ein Malerpinsel. Die Kundin oder der Kunde, aber es sind wohl überwiegend Frauen, nimmt die Pinsel, tunkt sie in die Farbe und schüttelt sie über der Tapete aus. Manche nehmen alle vier Farben, manche nur eine, manche legen Wert auf eine künstlerisch wertvolle Mischung. Manche tunken die Pinsel tief in die Eimer und machen fette Kleckse, andere lassen zarte Pünktchen rieseln, wieder andere wollen mit dem Pinsel herummalen. Aber das ist nicht erlaubt. Den direkten Kontakt zwischen Pinsel und Tapete unterbindet Anne, das gehört nicht zum Konzept. Ihre Erklärung dafür fand ich ein wenig verworren, aber es hatte damit zu tun, dass sie Punkte und Flecken will, keine Striche und Flächen. Die Gebilde, die auf diese Weise entstehen, sind erstaunlich dekorativ. Anne bezeichnet die halb gewollt, halb zufällig hervorgebrachten Farbmuster als Spontandesign. Sie bilden die Grundlage für Entwürfe, die technisch webbar sind und die sie dann den Kundinnen vorlegt. Den ausgewählten Entwurf verwandelt Anne schließlich in einen Teppich. Die Teppiche sind exquisit und sehr teuer. Die Kundschaft kommt nur über eine Galerie an Anne heran. Bei meinem Besuch fragte ich auch nach dem Himmel, den Kreta und ich in ihre Obhut gegeben hatten. Anne überhörte das und gab keine Antwort.

Die Tage schleppen sich dahin. Paula hat angerufen und mich eingeladen, nicht zu sich nach Hause – wie erwähnt, gehört das nicht mehr zu unserem Repertoire –, sondern in ein hübsches, kleines, für mich und meine Bank viel zu teures Lokal. Aber Paula wird die Rechnung bezahlen, wir feiern ihren Aufstieg als Partnerin nach. Ich freue mich darauf, sie zu sehen und teilzuhaben an ihrem Triumph. Das Restaurant kenne ich nur vom Hörensagen, aber irgendetwas kommt mir seltsam vor bei dieser Wahl. Merkwürdig. Ich überlege, was ich

Paula mitbringen könnte. In den Souvenirbuden unter dem Eiffelturm hatte ich Rudel kleiner Türme gesehen, in gold- und silberfarbenem Plastik, aber auch in Kupfer und Stahl. Die aus Stahl waren filigran gearbeitet und stellten sich als Tischfeuerzeuge heraus. Sie gefielen mir. Mit einem Kauf hätte ich jedoch ein Problem gelöst, das ich gar nicht habe. So etwas kommt zwar öfter vor im Leben, aber der Berg halb aufgebrauchter Streichholzbriefchen musste nicht noch mit einem feuerspendenden Eiffelturm gekrönt werden. Jetzt bedauere ich, dass ich keinen gekauft habe. Paula würde ihn mögen, auch wenn er bei ihr unbenutzt bliebe wegen des Benziners. Auf einmal fällt mir ein, was mich an dem Restaurant irritiert: Es ist ein Nichtraucherlokal! Da bin ich aber gespannt. Erst die Nichtraucherparty und jetzt das Nichtrauchermenü. Vielleicht treffe ich die Scheidungsrichterin im Carmencita-Röckchen wieder?

In Wahrheit ist mir gar nicht nach Witzen zumute. Wie ich schon sagte: Die Tage schleppen sich dahin. Seit ich nicht mehr rauche, bin ich nur noch damit beschäftigt, nicht mehr zu rauchen. Bleibt das eigentlich so? Oder kommt irgendwann der Tag der Erlösung? Ich bin in der umgekehrten Lage wie Jack Worthing in *The Importance of Being Ernest* von Oscar Wilde. Er wird von Lady Bracknell gefragt: „Rauchen Sie?“ Und als er bejaht, sagt sie: „Das freut mich zu hören. Der Mann sollte stets eine Beschäftigung haben.“ Ich versuche, mich mit Zitaten zu stählen und hänge nach und nach überall Zettel hin, über den Schreibtisch, an den Kühlschrank, an alle vier Wände des Schlafzimmers. Aber nicht „Fumer tue“. Oder

„Rauchen fügt Ihnen und Ihrer Umgebung …“. Auch nicht: „Rauchen verursacht Impotenz“. Nach Potenz steht mir, ich darf an Luis Buñuel erinnern, der Sinn sowieso nicht – obwohl, obwohl: Philine ist wieder aufgetaucht, gealtert wie wir alle, doch zauberhaft und lateinisch wie eh und je. Aber ich bin beim Zettelaufhängen. Ich tippe zwei neue Zitate in den Computer, drucke sie mit großer Schrift aus und hänge sie an die Wohnungstür, innen natürlich.

> Das Nikotin schläfert das Gewissen ein. Das Bedürfnis zu rauchen wächst mit dem Wunsch, Gefühle der Reue zu ersticken. Das Rauchen hat überhaupt den Zweck, die Intelligenz zu umnebeln. Das Rauchen ist die beste Vorbereitung für jede schlechte Tat, zu Mord und Diebstahl, zu Spiel und Unzucht.
>
> Leo Tolstoi
>
> Wir verbieten hiermit aus apostolischer Gewalt, bei Strafe der Exkommunikation mit dem Befehle, wenn es nötig sein sollte, sogar den weltlichen Arm zu Hilfe zu rufen, allen und jedem beiderlei Geschlechts, sowohl Weltlichen als Geistlichen, in den Kirchen der Stadt und Diözese Sevilla Tabak zu schnupfen, zu rauchen oder auf eine andere Art zu sich zu nehmen.
>
> Papst Urban VIII.

Das Verbot stammt vom 30. Januar 1642. Viel geholfen hat es nicht.

*Bitte rauchen Sie nur, wenn das Signal erscheint.*

Es gibt übrigens noch einen Grund, warum mir nicht nach Witzen zumute ist. Ich bin Rolltreppe gefahren. Im Kaufhaus! Und zwar mehrmals!! In manchen Kaufhäusern sind die schrägen Unterseiten der Rolltreppenschächte verspiegelt. Da, wo ich früher, als ich noch rauchte, meine Zigaretten kaufte, ist das auch so. Als ich entzugsbedingt an nichts denkend nach unten in die Lebensmittelabteilung rollte, schaute einer von oben auf mich herab. Er stand Kopf und glich mir aufs Haar. Und das war das Schlimme: Es waren fast keine mehr da, Haare meine ich, auf dem Scheitelpunkt des Schädels. Die Stelle ist nicht größer als ein Eurostück, aber ihr Anblick, ihr Anblick, und so plötzlich; es war mir bis dahin gar nicht aufgefallen, man sieht sich ja nicht alle Tage auf den Kopf. Eine solche Erfahrung erschüttert einen Mann in seinen Grundfesten! Der junge Prinz in Büchners *Leonce und Lena* hat keine Ahnung mit seiner blonden Lockenmähne – „wie es wohl angehen mag, dass ich mir einmal auf den Kopf sehe. Oh, wer sich einmal auf den Kopf sehen könnte!"

Während ich die Rolltreppen rauf- und runterfuhr und mir dabei von unten oben aufs Haupt schaute, wuchs die Verzweiflung. Ich fuhr gerade rauf, als jemand meinen Namen rief. Auf der gegenüberliegenden Rolltreppe stand Philine, rollte winkend von schräg oben auf mich zu, passierte mich lächelnd und verschwand lachend nach schräg unten. Ich machte auf dem Absatz kehrt und rannte meine nach oben rollende Treppe hinunter, wie man es aus Langeweile mit vierzehn macht, wenn Mami in der Damenoberbekleidung stundenlang Pullover studiert. Ich bin aber über vierzig und vom Rauchen etwas kurzatmig. Langweilig war mir auch nicht mehr, seit ich Philine erblickt hatte. Das Leben schleppte sich keineswegs dahin, sondern schob mir eilig eine Stufe nach der nächsten unter die Füße, während ich >Pardons< murmelnd in entgegengesetzter Richtung einer Studentenliebe hinterlief. Als ich es endlich geschafft hatte und japsend von der letzten oder ersten Stufe hüpfte, stand sie schon da, gelassen wie Frau Igel im Märchen. Sie hatte nur einmal um den Rolltreppenschacht gehen müssen. Na so etwas, sagten wir zueinander, das ist aber ein Zufall, die Welt ist doch wirklich ein Dorf. Dann fragte ich sie, wie es ihr geht, sie sagte gut; dann fragte sie mich, wie es mir geht, ich sagte auch gut, was sogar stimmte, jetzt, da ich nach so langer Zeit wieder in ihre haselnussbraunen Augen blickte und ganz automatisch darauf wartete, dass die Lider niedergingen und die vertikale Falte auf ihrer zauberhaften Stirn erschien. Nachdem wir alles aufgesagt hatten, was in einer solchen Situation aufzusagen ist, wollte sie wissen, ob ich verheiratet bin. „Nicht mehr", antwortete ich. Sie wechselte sofort das Thema: „Und rauchst du noch?" – „Auch nicht mehr", antwortete ich. Sie wirkte überrascht und irgendwie enttäuscht. Schnell fügte ich hinzu: „Aber erst seit ein paar Tagen. Wahrscheinlich fange ich sowieso bald wieder an." Sie zog eine Schachtel blaue *Nil* (10mg, 0,8mg, 10mg) aus ihrer Handtasche und schlug vor, diesen wichtigen Moment nicht länger aufzuschieben und hinaus zur Bushaltestelle zu gehen, für einen Kaffee hätte sie leider keine Zeit. Als sie mir draußen eine *Nil* anbot, lehnte ich ab und sagte: „Aber du bist doch Nichtraucherin." Sie schüttelte sich vor Lachen. „Ich und Nichtraucherin? Bei zwei Schachteln am Tag? Du hast es mir doch beigebracht." Ich war fassungslos und ließ mir doch eine geben.

---- ~

Während ich inhalierte und der Dschinn von mir Besitz ergriff, verfluchte sie immer noch lachend das kupplerische Buch, aus dem ich damals vorgelesen und das sie zu ihrer ersten Zigarette verführt hatte. Die Verwandlung von einem nichtrauchenden Schmetterling über eine gelegenheitsrauchende Puppe, ich gebe Philines Worte wieder, zur Nikotinraupe hatte sich in weniger als einem Jahr vollzogen. „Du kanntest mich da schon nicht mehr", meinte sie. So ließ sich das auch formulieren. Inzwischen rauche sie täglich zwischen dreißig und vierzig *Nil*. „Quidquid agis, prudenter agas et respice finem." – „Was du tust, tue richtig, und bedenke das Ende." Dann kam der Bus.

Auf dem Weg nach Hause rang ich die Versuchung nieder, ein Päckchen *Nil* zu kaufen. Aber dem *Zeno Cosini* konnte ich nicht wiederstehen. Ich träumte mich zurück ins Bett neben Philine, warf in der Erinnerung noch einmal einen Blick auf ihr zauberhaftes Näbelchen, und während ich den Rauch ihrer ersten Zigarette roch, las ich, wie der arme Cosini einem Rat beschreibt, den jemand ihm gegeben hatte: „In mir hätten sich im Lauf der Jahre zwei Menschen entwickelt: der eine befahl, der andere war Sklave, der, sobald die Zügel locker wurden, aus Lust an der Freiheit dem Willen des Herrn entgegenarbeitete. Es sei notwendig, ihm vollkommene Freiheit zu geben. Gleichzeitig aber müsse ich der Krankheit so gegenübertreten, als ob sie mir völlig fremd und neu wäre. Ich solle sie nicht bekämpfen, sondern vernachlässigen; ich müsse sie vergessen, ihr gewissermaßen den Rücken drehen, wie einer Gesellschaft, die meiner unwürdig ist."

Hatte ich nicht etwas ähnliches gemeint, als ich Paula erklären wollte, nicht Paul sei das Problem, sondern der Versuch, ihn zu beherrschen? Ich hob den Blick von der Buchseite, er fiel auf all die Ermahnungen um mich herum. Eine unglaubliche Gier kam über mich, selbst schon berauschend. Der Dschinn wollte aus der Flasche. Er versprach alles mögliche, wenn er nur herausdurfte. Du könntest eine Schachtel *Nil* kaufen, bloß die weißen (6mg, 0,5mg, 8mg), und dann überlegen wir, wie wir Philine ausfindig machen.

Aber ich wollte Philine gar nicht ausfindig machen. Die Jugend war dahin, der Kopf stehende Kerl im Rolltreppenspiegel hatte es mir bewiesen. Ich legte den *Zeno Cosini* beiseite und tat alles, was die Anti-Rauchratgeber bei einer Suchtattacke empfehlen: Zuerst trank ich ein Glas Wasser, dann zählte ich einmal von hundert rückwärts bis null, machte zwanzig Liegestütze (vielleicht waren es auch nur neun), aß einen Apfel, trank noch ein Glas Wasser. Zum Schluss war mir so schlecht, als ob ich fünf hintereinander geraucht hätte. Aber ich widerstand.

Und widerstehe immer noch. *Nil* mit Philine. Es wird keinen Rückfall mehr geben, weder mit der einen noch mit der anderen. Ich schwöre bei der **geliebten Leserin**, und beim **verehrten Leser** auch, dass ich nicht mehr rauchen werde, nie mehr. Mögen sich die Tage auch dahinschleppen. Ich bin schon gespannt, wie es sein wird, wenn ich nicht rauche und nicht daran denke, dass ich nicht rauche. Zurück im Stand der Unschuld mit Kaugummi- und Schokoladenzigaretten? Aber dann ginge alles noch einmal von vorne los. Dann wüsste ich ja gar nicht, dass ich nicht mehr rauchen will, und müsste mir das Rauchen wieder angewöhnen, um zu begreifen, dass es besser ist, damit aufzuhören. Das ist der Kreis, aus dem ich springen muss. Vielleicht funktioniert es so: Ich will gar nicht deshalb nicht mehr rauchen, weil ich nicht mehr rauchen will, sondern weil ich erfahren möchte, wie es ist, nicht mehr zu rauchen. Ich will mich verändern, einfach so, nicht wegen der Puste und dem Portemonnaie, nur aus Neugier. Die zweckfreie Möglichkeit zur Veränderung erproben, das ist die Lösung. Plötzlich bin ich ganz euphorisch, reiße sämtliche Zitate herunter und schreibe mit grünem Filzstift direkt an die Wand:

*Nur rauchen, wenn das Signal erscheint!*

Jetzt muss ich bloß noch die schlimmste Phase des Entzugs durchstehen, dreißig, vierzig Tage vielleicht, dann kann ich unabgelenkt die Neugier auf den Menschen befriedigen, der zum Vorschein kommt, wenn sich der Qualm verzieht.

Paula werde ich bei unserem Abendessen nichts davon erzählen. Ich werde einfach nicht rauchen. Zum Glück bleibt mir in einem Nichtraucherrestaurant gar nichts anderes übrig. Ich weiß jetzt auch, was ich ihr schenken werde: Ein hübsches neues Etui mit Schokoladenzigaretten auf der einen und Kaugummizigaretten auf der anderen Seite. Ich werde es nicht einpacken, sondern nach dem Dessert, wenn das Verlangen am größten ist, hervorziehen und aufgeklappt vor sie hinlegen. Wahrscheinlich wird sie lächeln, unauffällig nach dem Etui in der Tasche ihres Blazers tasten und zum Aufbruch drängen. Und wenn wir dann in einer langgestreckten American Bar landen und zwischen gut aussehenden, Zigarre rauchenden Geschäftsleuten mittleren Alters und beiderlei Geschlechts unseren Whiskey trinken, dann wird Paula ihren Heroismus im Nichtraucherrestaurant mit einem feinen Zigarillo feiern, und dann mit noch einem, während ich meinen zweiten Whiskey trinke und sie bitte, mir eine Kaugummizigarette zu geben.

Aber es wird keine Zigaretten aus Kaugummi geben. Es gelingt mir nicht, welche aufzutreiben. Ich muss mich mit solchen aus Schokolade begnügen. Ich entscheide mich für holländische *Gorbatchow International* (28% Kakaobestandteile) im Softpack. Sie sind dünner und kürzer als echte Zigaretten, und das Mundstück ist nur angedeutet. In der Packung befinden sich ganze zehn von den traurigen Dingern. Auf dem nachgeahmten Steuerzeichen stehen die Zutaten: „Zucker, Kakaobutter, Milchpulver, Magermilchpulver, Kakao, Lecithin (E 322), Vanillin (Aroma).“ Ich finde, das klingt beunruhigend. Bei Teer, Nikotin und Kondensat weiß man wenigstens, woran man ist.

Paula hat Paul tatsächlich sitzen lassen, von einer Sekunde auf die andere. Das Etui und das Benzinfeuerzeug hat sie weggeworfen, sagt sie jedenfalls. Schade drum. Aber sie hält nichts von der Musealisierung der eigenen Vergangenheit, immer nach vorn, meint sie vergnügt und steckt das neue Etui mit den Schokoladenzigaretten ein. Sie ist ganz begeistert von ihrem Entschluss. Lange kann er noch nicht zurückliegen. Beim Aperitif sprudelt sie nur so. Bei der Vorspeise sprechen wir über die Geschmacksknospen, die jetzt aufblühen werden. Beim ersten Hauptgang gibt sie sich genießerisch, erkundigt sich aber vorsichtig, wie lange ich schon nicht mehr rauche. Den zweiten Hauptgang lässt sie zur Hälfte stehen. Beim Dessert räumt sie ein, dass sie Zigarettenetui und Feuerzeug im Taxi hat liegen lassen, nachdem sie auf der Fahrt zum Restaurant die letzte geraucht hat. Beim Espresso bezeichnet sie den Entschluss als übereilt.

Von Paul hat sie sich wegen der anderen getrennt, ihrer anderen Partnerin. „Wer rauchen muss, hat sich nicht im Griff", hatte die Partnerin ihr bei einem Vier-Augen-Gespräch in einem Konferenzzimmer gesagt und sich eine Zigarette angezündet. „Ich rauche, wenn ich will, und nicht, weil ich muss." Paula hatte in der Hand dieser Frau noch nie eine Zigarette gesehen, und in ihrem Büro roch es nie nach Rauch. Paulas Büro wird künftig auf der gleichen Etage liegen, und sie wird sich eine Sekretärin mit der Partnerin teilen. Sie darf sich auf keinen Fall mit Paul blamieren. Also hat sie ihm das Etui und das Feuerzeug in die Hand gedrückt, sinnbildlich gesprochen, und ihn im Taxi fortgeschickt. Jetzt sitzt sie mir gegenüber und stößt die Schokoladenzigarette auf den Tisch, als wäre es eine ihrer dicken, blonden *Davidoff* mit herrlich starkem Virginiatabak, und erklärt mir, wie sie angebotene Zigaretten künftig ablehnen wird. Sie hat es vor dem Spiegel geübt. Erst denke ich, sie will mich veralbern, Paula vor dem Spiegel, wie sie zu sich selber sagt: „Nein danke, ich rauche nicht." Das passt mehr zu Anne. Aber dann glaube ich ihr doch. Sie nennt das Feedback-Erziehung, meine Güte, sie macht wirklich ernst. „Wenn du mit schlechter Laune vor den Spiegel trittst und lächelst", setzt sie mir auseinander, „wird sich bei entsprechendem Training deine Laune verbessern. Du musst es nur schaffen, wirklich zu lächeln, mit den Augen, der Mund genügt nicht. Es ist eine Art Selbstüberlistung, das künstliche Lächeln geht allmählich in ein wirkliches über und führt zur Aktivierung von Muskelgewebe um die Augenhöhle, das sich nicht bewusst steuern lässt. Wenn du das hinkriegst, bekommt das Gehirn ein positives Feedback, nicht wegen deines lächelnden Spiegelbilds, sondern wegen der Aktivierung des Muskelgewebes, die unter normalen Umständen mit einem spontanem Lächeln einhergeht. Für das Gehirn heißt das so viel wie: Alles in Ordnung, Stimmung ausgezeichnet. Was denkst du wohl, was ich mache", sagt Paula, „wenn ich den Druck im Büro nicht mehr aushalte. Mich im Klo auf den zugeklappten Deckel setzen und heulen?" Nein, das kann ich mir nicht vorstellen. „Ich stelle mich ans Fenster und mache Übungen, senke die Schultern, lasse die Arme hängen und bewege nur das Gesicht. Weinen auf dem Klo kommt übrigens auch vor, aber das bleibt unter uns."

Während Paula mir ihre Methode erklärt, beruhigt sie sich wieder. Sie steckt das Etui zurück, ohne die Schokoladenzigarette, die sie beim Reden zerbröselt hat. Wir beschließen, nicht mehr in die American Bar zu gehen, zu riskant, sondern im Restaurant noch einen letzten Drink zu nehmen. Wir stoßen miteinander an: Auf das Leben nach dem Nikotin. Ein wenig von ihrer Begeisterung kommt zurück. Paula gibt mir ihr Handy und bittet mich, ein Foto von ihr zu machen, glücklich nichtrauchend beim Feiern, ein Beweisfoto, das sie aufrufen kann in den nächsten Tagen und Wochen, wenn der Entzug trostlos macht.

Es ist ein Wunder geschehen: Melanie raucht nicht mehr! Sie bekommt ein Kind. Rolf ist schrecklich aufgeregt, Melanie ganz ruhig, so ruhig, wie ich sie noch nie erlebt habe. Wenn ich an ihren mörderischen Blick denke, damals, als ich nach ihrer Sechsten griff und ihr riet, lieber gar nicht zu rauchen statt rationiert. Wir sitzen in Rolfs Wohnung am Küchentisch bei Wein und Käse und plaudern. Wenn das Kind da ist, werden sie heiraten und zusammenziehen. Ich frage, wie es ihr geht, und ob ihr das Aufhören schwer gefallen ist und ob es Rückfälle gegeben hat. Sie schüttelt empört den Kopf und sagt: „Rauchen in der Schwangerschaft schadet meinem Kind." Meine alte Freundin Melanie, die schon in frühester Jugend eine eigene Zigarettenmanufaktur betrieb, hört sich an wie eine EU-Gesundheitsministerin. Rolf zündet sich eine an. Er hat dem *Schwarzen Krauser* zum zweitenmal abgeschworen, muss seinen Schwur aber erst in der gemeinsamen Wohnung halten, wenn das Kind geboren ist. Jetzt hängt die Selbstgedrehte zwischen seinen Lippen wie in alten Tagen. Er bläst den Rauch aus und fängt sofort an, mit den Händen zu wedeln, als er bemerkt, wie die Fahne zu Melanie weht. Das wiederholt sich nach jedem Zug. Rolf ist so mit Wedeln beschäftigt, dass ihm entgeht, wie lüstern Melanie den Qualm schnüffelt, während sie recht gekonnt das Gesicht verzieht. Aber mich kannst du nicht täuschen, Melanie, ich erinnere mich gut an das, was ich in deinen Augen gesehen habe, als ich dir die Sechste stahl. Die Gier ist immer noch da. Sie ist schwächer geworden, aber sie glimmt noch, und du weißt es, und du weißt auch, dass ich es weiß. Rolf wedelt in kindsväterlicher Aufgeregtheit mit den Händen. Mich trifft Melanies herrlicher Hassblick, er geht mir durch Mark und Bein. Jetzt bin ich ganz sicher: Sie hat begriffen, dass es ihr nicht gelungen ist, mir zu verbergen, wie preisgegeben sie immer noch ist und immer sein wird. Sie rächt sich dafür, aber sie rächt sich an Rolf. Arme Melanie, was musst du leiden. Sie gibt ihm einen neckischen Klaps auf den Arm und erzählt, wie er seit Wochen versucht, zu reduzieren – ist aber aussichtslos, fügt sie hinzu und schaut mir schon wieder grimmig in die Augen, vollkommen aussichtslos. Man muss ganz aufhören, meint Melanie, oder gar nicht. Ich würde dazu gern etwas sagen, wage es aber nicht. Rolf legt die Zigarette, die er während der Predigt gedreht hat, zerknirscht ins Tabakpäckchen zurück. „Und du", fragt Melanie plötzlich, „rauchst du auch nicht mehr?" Ich sage schnell: „Doch, doch, aber nur abends, ich komme einfach nicht los." Sie lacht herausfordernd: „Aber es ist doch Abend." Da hat sie auch wieder Recht. „Du kannst ruhig rauchen, es macht mir nichts aus. Willst du ihm nicht eine drehen, Rolf." Ah, diese Schlange. „Eine kannst du dir doch genehmigen, was macht das schon?" Vergnügt fängt Rolf an, eine *Krauser*-Bombe zu basteln, und was für eine, sie sieht aus wie ein Joint. Rolf scheint auch damit Erfahrung zu haben. Ich weiß nicht, wie lange es her ist, dass ich die letzte Filterlose geraucht habe, wahrscheinlich eine von Kretas *Roth-Händle*. Und die letzte Selbstgedrehte, darauf würde ich wetten, stammte aus einem *Javaanse*-Päckchen Melanies. Das hätte ich mir damals auch nicht träumen lassen, dass sie eines Tages schwanger in der Küche sitzen würde, und ich wäre nicht der Kindsvater, sondern bloß zu Besuch und gerade im Begriff, mir vom Kindsvater eine drehen zu lassen – und dass mich das alles mit einer gewissen behaglichen Genugtuung erfüllen würde; diese Vorstellung wäre damals das Allerschlimmste gewesen, der reinste Albtraum. Aber damals ist damals, und heute ist heute. Jetzt genießen wir den Rückfall:

---- ~ Welch Jubel, welch Seligkeit! ---- ~

Das Zeug schmeckt wie Schilfrohr. Man spürt förmlich, wie sich Teer in den Lungenbläschen ablagert. Aber es tut gut, ich kann mir einfach nicht helfen, es tut gut. Mir fällt das Menetekel ein, das ich mir in der grünen Farbe der Hoffnung selbst an die Wand geschrieben habe, und nehme rasch noch einen Zug. Melanie ist sehr zufrieden. Sie hat den ersten Dominostein umgestoßen. Rolf und ich rauchen und plaudern und rauchen. Nach zwei Stunden zieht Melanie sich zurück, „zu verraucht hier", meint sie unschuldig, die Hände unter dem Bauch gefaltet wie eine Muttergottes auf einem Renaissancegemälde. Zum Abschied gibt sie mir einen Kuss auf die Wange und flüstert mir ins Ohr: „Ganz oder gar nicht." Melanie, Melanie, das Kind wird dich retten, aber eines Tages wirst du eine wunderbare, gelegentlich etwas giftige alte Dame sein, rückfallselig eine *Eve* oder was auch immer aus der Handtasche holen, sie anzünden und schnippisch zu Rolf sagen: „Na und!"

---- ~

Anne hat doch eine Krise. Sie raucht nicht einmal mehr *Atika.* Zum Glück habe ich nach meinem von Melanie angestifteten Rückfall sofort wieder aufgehört. Ich lehne im Türrahmen, während Anne um den Webstuhl marschiert und klagt. Über die Kunst und das Leben, und darüber, wie das eine dem anderen die Luft abschnürt. Der Webstuhl ist abgedeckt, obwohl keine Tapetenbahn ausliegt und keine Farbeimer zum Klecksen bereitstehen. Sie arbeitet nicht. Seit ich Anne kenne, hat sie immer gearbeitet und meistens geraucht. Jetzt macht sie gleichzeitig mit beidem Schluss, das ist gefährlich. Wo soll sie denn hin mit sich? Ich flehe sie an, wieder anzufangen, sage ihr, dass sie eine Begnadete ist und alles darf, trinken, rauchen, nackt auf dem Tisch tanzen, Hauptsache, sie webt. „Soll ich", fragt sie verzagt, und ich fürchte, sie meint nicht die Zigarette, sondern das mit dem Tisch, vielseitig wie sie ist. Ich gebe ihr einen Kuss auf den Mund und nehme sie in die Arme, mache ein paar Walzerschritte, noch ein paar, sie wird ganz schmiegsam, und noch ein paar. Wir tanzen miteinander, und nur wir zwei hören die Musik. Plötzlich hält sie inne, lehnt ihren Kopf an meine Schulter und beginnt zu weinen. Ich sage nichts, halte sie ganz fest und warte. Nach und nach beruhigt sie sich. Sie schnieft noch ein wenig, als sie sich aus meinen Armen löst und sagt: „Ich habe nur meinen Webstuhl, sonst nichts." Es tut mir in der Seele weh, denn ich weiß, dass es stimmt. Einsamkeit erschöpft, auch der Erfolg verhindert das nicht. Sie würde ihre Kunst geben für die Liebe, meint sie traurig, für ganz normale Geborgenheit, Familie, Kinder, alltägliche Sorgen und Sonntagsbraten. Beim Sonntagsbraten lacht sie schon wieder. Sie fragt, ob ich eine Zigarette für sie habe. Nein, leider nicht, ich rauche nicht mehr. Sie nickt und sagt: „Macht nichts. Ich will sowieso nicht wieder anfangen." Dann überlegt sie: „Es könnte aber sein, dass irgendwo noch ein Päckchen *American Spirit* herumliegt. Wo habe ich es bloß hingetan?" Ich biete an, zum Automaten neben dem Blumenladen zu gehen, auch wenn es dort weder *American Spirit* noch *Atika* gibt. Sie zögert – und bleibt tapfer. Ich verabschiede mich mit einem Kuss. Als ich am Blumenladen vorbeikomme, zuckt mir der Gedanke durch den Kopf, ob ich wohl genug Kleingeld habe. Ich kann nicht widerstehen und schaue nach. Wenn es reicht, ziehe ich eine Schachtel, wenn nicht, dann eben nicht. Das ist doch fair, oder? Fifty fifty. Ich habe die Münzen, ich ziehe die Schachtel trotzdem nicht. Stattdessen trete ich schnell in den Laden, kaufe von dem Geld drei Rosen und klingele noch einmal bei Anne. Wie sie sich freut. Ich nutze die Gelegenheit und frage, ob ich mir den Himmel ansehen darf. Anne wird verlegen. Dann sagt sie vorsichtig: „Kreta hat ihn abgeholt.“ Kreta hat den Himmel geholt! Mir wird schlagartig schlecht. Vielleicht hat sie ihn wieder ins Schlafzimmer gespannt und schaut nun mit einem anderen Mann zu den Sternen empor? Anne drückt meinen Arm:

„Hör zu, ich soll ja nichts sagen, aber ich kann es einfach nicht mit ansehen. Ich habe ihr natürlich erzählt, dass du ununterbrochen nach ihr fragst. Sie hat sich auch immer nach dir erkundigt, wie es dir geht und ob du wieder schreibst. Nur durfte ich dir nichts davon sagen, sie hat es mir ausdrücklich verboten. Du weißt ja, wie sie ist.“

„Und der Himmel?“

„Den habe ich wieder aufgehängt bei euch, ich meine, bei ihr. Sie wird mich umbringen, wenn sie erfährt, dass ich es verraten habe. Sie will dich wiedersehen. Lass ihr einfach noch ein wenig Zeit. Ihr seid mir vielleicht ein Yin und Yang.“

Nie habe ich von Anne glücklicher Abschied genommen.

In der Nacht träumte mir von Kreta: Die Luft vibriert in der Dämmerung vom Zirpen der Zikaden. Weit entfernt rauscht das Meer. Ich sitze allein vor dem einsamen Haus auf dem Hügel und warte auf den streunenden Hund. Ich warte und warte, aber der Hund kommt nicht. Die Zikaden verstummen. Der Himmel sieht aus wie schwarzer Stoff, mit Sternen bestickt. Die Jungfrau ist zu erkennen, und ganz deutlich der Löwe, auch der streunende Hund erscheint nun als Sternbild. Nur Castor und Pollux kann ich nicht finden, bis ich begreife, dass der Himmel über mir ein Baldachin ist, ausgespannt zwischen den hoch erhobenen Armen der Zwillinge. Dann ist sie plötzlich da. Die Glut ihrer Zigarette leuchtet auf. Ich sehe nur die Glut, ich kann weder ihre Hände noch ihr Gesicht sehen, so sehr ich mich anstrenge. Aber ich spüre deutlich ihre Anwesenheit. Ich kann sie nicht anfassen. Sobald ich versuche, ihr Gesicht zu berühren, wird es zu Rauch. Sie gibt mir die Zigarette, ich nehme einen Zug, lasse dabei die Glut aufleuchten und gebe sie zurück; sie nimmt einen Zug und reicht sie mir erneut. Die Zigarette wandert zwischen uns hin und her. Sie fühlt sich fest und wirklich an, aber wenn ich die unsichtbare Hand berühren will, die sie hält, wird die Hand zu Rauch, wie vorhin das Gesicht. Die Zigarette brennt ab, wird kürzer und kürzer, verzweifelt starre ich in die rote Glut. Ich will nicht sterben. Dann ist auf einmal heller Tag. Ich sitze auf der Terrasse und blinzele ins Licht, der Himmel ist rasend blau. Ein Mann mittleren Altes tritt zwischen mich und die Sonne. Das Licht umfließt ihn wie eine Gloriole. Er wirkt sehr gepflegt, trotz des altmodischen Hemdkragens und der gelblichen Verfärbung in der Mitte seines schon ergrauten Schnurrbarts. Das ebenfalls ergraute Kopfhaar hat sich bis hinter die Schädelkuppe zurückgezogen. Die Stirn über den schwarz gebliebenen Brauen glänzt im Licht, aber der Mann scheint trotz der Hitze nicht zu schwitzen. Das Gesicht kommt mir bekannt vor, aber ich kann mich nicht besinnen. Er macht eine kleine Verbeugung und entschuldigt sich dafür, dass er gezwungen gewesen sei, meinen Schlaf zu stören. Der Schlaf sei das schönste am Leben, besonders wenn er traumlos über uns kommt, erklärt mir der Mann mit einem Lächeln, sanft, aber nicht ohne Ironie. Mir scheint, er will sich ein wenig über mich lustig machen. Aber er ist schon wieder ernst. Er habe mir etwas sehr Wichtiges mitzuteilen, etwas ungeheuer Wichtiges. Seine dunklen Augen glänzen samtig und sehen traurig aus. Er betrachtet mich schweigend eine Weile, dann sagt er eindringlich: „Rauche! Rauche, und liebe nicht! Rauche, und liebe nicht!“ Er wiederholt es mehrere Male, viele, viele Male, bis ich endlich aufwache

mit schrecklichem Verlangen nach einer Zigarette. Was für ein seltsamer Traum. Er gehörte zu jenen, die unmittelbar nach dem Aufwachen noch ganz präsent sind, sich dann aber sehr rasch verflüchtigen und dabei ein einziges, intensives Gefühl zurücklassen, aber ein Gefühl, das nicht schwächer, sondern immer stärker wird, wie ein umgekehrtes Echo. Mein Verlangen ist von empörender Maßlosigkeit. Als ich noch rauchte, habe ich nur selten bereits vor dem Frühstück die Erste angesteckt. Aber jetzt! Zum Glück sind keine in der Wohnung. Ich darf auf keinen Fall aufstehen. Wenn ich das Bett verlasse, bin ich verloren, dann werde ich Hemd und Hose über den Pyjama streifen und nach unten laufen. Ich schalte den Kassettenrekorder an und spiele die Hörspielfassung eines kleinen Einpersonenstücks von Tschechow ab, die ich einige Tage zuvor mitgeschnitten habe: „Über die Schädlichkeit des Tabaks“. Es dauert nicht lange, fünfzehn, sechzehn

Minuten. Armer Iwan Iwanowitsch Njuchin: „Ich selbst bin Raucher, aber meine Frau wollte, dass ich heute über die Schädlichkeit des Tabaks spreche, und da gibt es keine Widerrede." Übrigens spricht er über alles Mögliche, nur nicht über die Schädlichkeit des Tabaks. In erster Linie spricht er über sich selbst, und zwar sehr schlecht. Er ist einer jener Virtuosen der Selbstbeschimpfung, die in der russischen Literatur so zahlreich vertreten sind. Ich habe die Suada schon einige Male gehört und kann sie fast auswendig. Trotzdem amüsiert sie mich immer aufs Neue. Als Iwan Iwanowitsch Njuchin zu Ende ist, hat sich meine Gier so weit gemäßigt, dass ich es wagen kann, das Bett zu verlassen. Ich laufe nicht halb nackt hinunter auf die Straße zum Automaten, sondern gehe ganz ruhig in die Küche, löffle im Stehen eine halbe Grapefruit aus der Schale, setze die Kaffeemaschine in Gang und nehme eine Dusche. Unter dem Wasserstrahl probiere ich Paulas Methode der Feedback-Erziehung aus und lächle und pfeife und pfeife und lächle, immer abwechselnd. Interessanterweise ist beides gleichzeitig nicht möglich. Während ich mir die Kopfhaut massiere, einschließlich der eurogroßen Stelle, kriege ich Shampoo in die Augen und fange an zu fluchen. Von wegen Feedback. Vögel, die am Morgen pfeifen, holt am Abend die Katze. Plötzlich fällt mir ein, wer mein nächtlicher Besucher war. Ohne mich abzutrocknen schlüpfe ich in den Bademantel, stürze zu meiner Ausgabe des *Zeno Cosini* und schlage das Frontispiz auf, kein Zweifel, Italo Svevo, es war der Meister selbst. „Rauche, und liebe nicht!"

Ich werde es umgekehrt halten. Ich werde Kreta wiedersehen. Bestimmt raucht sie immer noch ihre drei mal drei *Roth-Händle*, drei am Vormittag, drei am Nachmittag, drei am Abend. Vielleicht wird sie bei unserer Begegnung eine für mich aus der Schachtel klopfen. Ich will dennoch damit aufhören, immer wieder anzufangen, bei jedem Treffen mit einer alten Freundin, verflossenen Geliebten oder geschiedenen Ehefrau. Aber womöglich hat sogar Kreta – aber das kann ich mir beim besten Willen nicht vorstellen. Ich werde einfach Standhaftigkeit beweisen, das wird ihr gefallen, werde ihr in die Augen schauen und ganz entspannt sagen: „Danke, Kreta, aber ich mache mir nichts mehr daraus." Dann wird der bernsteinfarbene Einschluss zu glimmen beginnen und mit einer winzigen Verzögerung ein Lächeln in ihren Augen aufziehen und sich über das ganze Gesicht verbreiten. Natürlich wird sie mir nicht glauben. Aber das macht nichts. Hauptsache, wir sehen uns wieder.

Aber könnte ich davor nicht doch eine Letzte rauchen? Was meint die geliebte Leserin und der verehrte Leser? Liegt nicht die Letzte immer noch in der Schachtel auf einem Tisch des Bistro *Jean Nicot*? Meine Geschichte ist zu Ende, aber Zeit für diese eine Letzte hätten wir noch. Also kehren wir zurück in die Rue St. Honoré? Ich werde meinen Mut zusammennehmen, ins Bistro gehen, den Garçon um Feuer bitten – mag er so grimmig schauen, wie er will – und mit Ihnen die Allerletzte rauchen. Danach ist Schluss! Ich habe die Klinke schon in der Hand und sehe an der Halskrause des aufgemalten Jean Nicot vorbei durch die Glastür.

Der Kellner holt die Letzte aus der Schachtel, reißt ein Streichholz an, gibt sich Feuer und inhaliert den Rauch, während er die Packung in der Hand hält und amüsiert den deutschsprachigen Hinweis studiert:

> Ihr Arzt oder
> Apotheker kann
> Ihnen dabei helfen,
> das Rauchen
> aufzugeben